Daniela Palumbo

A un passo dalle stelle

GIUNTI

Ad Andrea che cammina leggero.
E... ad Alessandro, Massimo, Stefano, Roberto,
e a tutti quelli per i quali il cammino non è stato lieve.

Il brano di pagina 167 è tratto da: Etty Hillesum, *Diario 1941 - 1943*, a cura di J.G. Gaarlandt, traduzione di Chiara Passanti, ed. Adelphi.

La mappa a pag. 201 è di Francesca Resta

www.giunti.it

Via Bolognese 165 - 50139 Firenze – Italia
Piazza Virgilio 4 - 20123 Milano – Italia

Prima edizione: aprile 2016

Il camminare presuppone che a ogni passo
il mondo cambi in qualche suo aspetto
e pure che qualcosa cambi in noi.

Italo Calvino

DUE MESI PRIMA DEL CAMMINO

«Eccolo! Non ti girare, andiamo via... Dai, ti vuoi sbrigare Vittoria? Non voglio incontrarlo!»

Giorgia accelerò vistosamente il passo e quasi inciampò sulle scale che la portavano dritta al primo piano del liceo classico Primo Levi.

«Tu sei scema! Ma se sei sempre in fuga, come fa quello a notarti, me lo spieghi?»

Vittoria cercò di trattenere Giorgia, senza riuscirci, e quando le due amiche, tra un inciampo e una tirata alla giacca, furono in cima alle scale del primo piano, arrivò con tutta calma anche lui, l'oggetto del contendere: Edoardo Serafini. Come al solito, non si filava nessuno e non salutava anima viva. Non ne aveva bisogno. Sapeva di essere al centro dell'attenzione.

Passò accanto a Giorgia senza vederla e salì ancora un piano, andando a infilarsi nell'aula di terza liceo. Una volta entrato in classe, Giorgia tirò un sospiro di sollievo.

«Hai visto?» disse a Vittoria con aria sognante.

«Che avrei dovuto vedere?» rispose l'amica con l'espressione annoiata di chi non avrebbe voluto sentire quel che già si aspettava.

«Le mani... affusolate, lisce, bianche, perfette. Bellissime». Appena Edoardo Serafini spariva, Giorgia cominciava a sognare. A sognarlo.

«A me sembrano mani femminili, se proprio lo vuoi sapere» intervenne l'altra disintegrando la poesia.

«No! Non lo voglio sapere, Vittoria. Tu non capisci niente!» Giorgia era furiosa. «Se solo te ne intendessi di uomini, sapresti cosa significa essere accarezzati da quelle mani che scendono sul collo e poi...»

«Ma se nemmeno lo guardi in faccia, come fa quello ad accorgersi che hai anche un collo?» Vittoria non amava i giri di parole. Né tantomeno quell'inutile perdersi in sogni vacui dell'amica. Erano secoli che le consigliava di farsi notare da Edoardo. Ma Giorgia si nascondeva, e continuava a sognarlo in silenzio.

Ultima campanella. Giorgia e Vittoria entrarono insieme nell'aula di seconda liceo, come ogni mattina. Le mani di Edoardo restarono fuori. Il classico è fatica pura.

Vittoria sorrideva, Giorgia era imbronciata.

Ordinaria amministrazione.

SETTE SETTIMANE PRIMA DEL CAMMINO

«Io non vengo, scordatevelo».

«Non esagerare, tu fai quello che diciamo noi».

Il tono della madre era stato volutamente freddo; se ne stava in piedi davanti al lavabo, sciacquando i piatti. Dava le spalle a Giorgia, che era seduta a tavola. Il padre, anche lui seduto a tavola, sbucciava una mela.

Una domenica di maggio, avevano appena finito di pranzare. I genitori avevano annunciato a Giorgia che quell'estate, a inizio luglio, avrebbero fatto un pezzo di cammino sull'antica strada dei pellegrini, la Via Francigena. A piedi. Tutti e tre. Insieme.

Perché? Perché andare a piedi su strade di campagna con lo zaino in spalla, dormendo negli ostelli? Perché mai uno dovrebbe essere contento di farsi del male?

Ma soprattutto: «Perché dovrei venire anch'io?» chiese Giorgia indispettita. Già conosceva la risposta della madre.

«Siamo i tuoi genitori, per questo» disse la donna. Nella sua voce prevaleva ancora la freddezza. Almeno così pareva. In realtà Diana aveva paura di sbagliare. Da un po' di tempo finivano sempre per litigare con Giorgia, sembrava che lei non cercasse altro. E aveva cominciato a rifiutarli come genitori.

Fin qui, tutto normale.

«A questa età si rifiuta il mondo, se stessi compresi. Non è detto che il rifiuto duri poco e nemmeno che Giorgia ritrovi subito la strada di casa, mentre cerca quella per essere in pace almeno con se stessa» aveva detto la psicologa.

Diana questo lo sapeva, aveva fatto così anche lei con sua madre. Solo che Giorgia non era la loro figlia biologica. L'avevano adottata che aveva tre mesi. Allora il rifiuto era più profondo, valeva doppio. Ma soprattutto... sarebbe passato?

«Non è vero. Voi non siete i miei genitori». La frase ce l'aveva in gola da giorni. Non fece in tempo a finirla che uno schiaffo le si abbatté sul viso, ma da una direzione diversa da quella della madre. Era arrivato dal padre, seduto accanto a lei.

Giorgia non se l'aspettava da lui, però non si scompose. Invece fu la madre a crollare.

Si accasciò su una sedia, i guanti di plastica gocciolanti di acqua e sapone. I piatti potevano aspettare. Non piangeva, ma la voce era fioca. Non era da lei.

«Perché, Giorgia? Perché? Non te l'abbiamo mai nascosto che ti abbiamo adottata. Perché a un tratto è diventata una colpa? Non ti senti più nostra figlia? Cosa cerchi di dirci? Che cosa è cambiato?»

Giorgia restava in silenzio. Anche il padre era rimasto seduto a testa bassa. Non era fiero di averla picchiata. Lo sapeva di aver sbagliato. Ma non era giusto nemmeno che Giorgia li torturasse.

«No, questo non lo accetto» disse la madre con voce risoluta. Adesso era di nuovo la Diana di sempre. «Non puoi non dire una parola, Giorgia. Ci tratti come estranei da mesi, sei supponente e arrogante, ogni cosa che ti diciamo è quella sbagliata. E se ti chiediamo di parlare, tu non apri bocca. No, troppo comodo».

Giorgia alzò la testa verso i genitori: «Continuate a mentirmi sulla mia madre biologica. Vi chiesi cosa ne è stato di lei, tantissimi mesi fa, ricordate? Ma voi negate sempre di sapere. Non vi credo!»

«È questo, dunque» sospirò la madre.

Fu Davide, il padre, a risponderle: «Non sappiamo più di quello che ti abbiamo detto, Giorgia. La tua mamma biologica ti ha messo al mondo e poi è scomparsa senza lasciare tracce. Non ha mai voluto riconoscerti. Non ti ha dato un nome, te lo hanno dato le infermiere per registrarti, questo ci dissero. Non voleva essere trovata. Doveva avere una situazione complicata, forse era giovane, non lo sappiamo, ma non l'abbiamo mai giudicata».

«E mio padre?»

«Non risulta neppure lui dalle carte dell'adozione» continuò l'uomo cercando di nascondere la compassione che provava per la figlia. Sapeva che in quella circostanza Giorgia non avrebbe tollerato la sua compassione, era troppo orgogliosa.

«Non ci credo... Non è possibile che nessuno di loro due, dopo tanto tempo, non mi abbia mai cercata! Che non abbiano avuto il desiderio, o anche solo la curiosità, di sapere come sono fatta, se gli somiglio, se sono come loro! Non è vero!» gridava Giorgia, e prima di ascoltare qualunque risposta, si alzò e se ne andò sbattendo la porta di casa.

Non era la prima volta che succedeva, da qualche mese i litigi e lo sbattere di porte erano diventati frequenti.

«Non sembra più neppure lei» sussurrò la madre. «Ci odia».

«Meglio che odi noi che se stessa» rispose Davide, cercando di rassicurare Diana. Ma ottenne l'effetto contrario.

«Sempre queste frasi sibilline che non significano niente!» disse la donna, esasperata. «Invece potresti correrle dietro e riportarla a casa. Ma no, non si fa, giusto?»

«Ti ho già detto come la penso, Diana: non serve a niente

correrle dietro quando sta così male. Deve avere le sue crisi, non possiamo impedirlo. Fa parte della sua crescita. Te l'ha detto anche Lorenza. Almeno a lei dovresti dare retta».

Davide si mise a sciacquare i piatti in silenzio, finendo il lavoro di Diana. Lei se ne andò dalla cucina e si chiuse in camera. Restarono soli e divisi. Anche questo era diventato frequente in casa Morini.

SEI SETTIMANE PRIMA DEL CAMMINO

Lorenza era la “stiracervelli”. Così la chiamava Giorgia.

«Quella il cervello glielo ha stirato. Almeno, se l’avesse solo strizzato, adesso ne uscirebbe ancora qualcosa. Invece ha fatto *tabula rasa*» diceva a Vittoria a proposito dei genitori e della psicologa.

Diana e Davide vedevano Lorenza insieme da otto mesi. Erano in terapia di coppia perché c’era stato un tradimento. E poi c’era Giorgia, con la sua ricerca di identità, che complicava il loro rapporto già fragile.

Giorgia non aveva mai voluto saperne di andarci, anche se i genitori glielo avevano chiesto. Ma dopo l’annuncio del cammino di luglio, consigliato da Lorenza, la ragazza aveva cambiato idea. Voleva dirglielo in faccia, alla psicologa, che le sembrava una scempiaggine prescrivere il cammino per risolvere i problemi. Aveva dentro una tale rabbia che voleva trovare qualcuno su cui farla esplodere.

Era andata all’incontro pronta all’attacco.

Ma non andò come aveva previsto.

Lorenza le era piaciuta. Era minuta e parlava tanto, eppure diceva molto di più con gli occhi e con il sorriso. Un sorriso bello, sereno, che non ti giudicava. Così le era sembrata subito: una che non inganna, una che parla chiaro. Piccola e magra, due occhi marroni curiosi e capelli cortissimi. Sembrava più adulta Giorgia che lei. E poi sapeva tacere. E ascoltare. Mamma mia, come la credeva diversa la stiracervelli!

«Io l'ho fatto tante volte il cammino» le aveva raccontato Lorenza con semplicità. «La Francigena l'ho iniziata da Canterbury, in Inghilterra: meravigliosa. Poi è arrivato il cammino di Santiago, e il prossimo è Assisi… E finché avrò vita, partirò con la casa nello zaino. Quando inizio a camminare, penso solo a quello che incontrerò sul mio sentiero: gli alberi, altri umani come me con una casa a forma di zaino, campi coltivati, uccelli che vanno o che tornano, radici che sollevano la terra, qualche strada e qualche bar con i vecchi del paese che giocano a carte, o che parlano di politica… Che noia, penserai tu. Per me è magnifico. Il ritmo del tuo passo è l'unica cosa che devi assecondare. Finalmente il tempo è dilatato, non vai in affanno per fare, chiamare, disdire, programmare. No, hai un solo pensiero: lasciare che le cose accadano».

Giorgia ridacchiò, sul volto aveva un'espressione decisa: «Non so di cosa tu stia parlando».

E Lorenza rise con lei, strizzandole l'occhio. Ma non si diede per vinta.

«Ti dico come mi è venuta in mente questa cosa bizzarra, ovvero il consiglio del cammino. Ho chiesto ai tuoi genitori di raccontarmi qualcosa che li accomuna. Mi hanno parlato subito della montagna e delle passeggiate. Della loro sensazione di stare bene nella natura, e di come piacesse anche a te quando eri più piccola. E lì mi sono detta: allora è l'esperienza del cammino che devono fare. Con te».

«Eh, già…» disse Giorgia in tono ironico.

Lorenza proseguì.

«A ben guardare, i problemi li abbiamo tutti. Chi più chi meno… Me li portavo dietro anch'io, appesi allo zaino. E pesavano pure loro. Quando arrivavo alla fine di una tappa, dopo 20, 30 chilometri, ero stanca, sudata, affamata... Dopo la doccia mi fermavo, avevo bisogno di stare sola... e i pensieri della giornata si stendevano come tappeti davanti a me: erano lucidi, fluidi, chiari finalmente! Non ho mai avuto tante risposte come dopo il cammino, nel silenzio. Ti sei accorta quanto è difficile ascoltarsi? Ascoltarsi per davvero?»

Giorgia pensò alla fatica di far venire fuori tutto ciò che aveva dentro. Con tutti, a volte perfino con se stessa. Annuì. Lorenza le aveva parlato come a una persona adulta. Non l'aveva trattata come una ragazzina. Le era grata.

«E se non mi piace? Se non volessi più continuare?»

«Fai un patto con i tuoi: parti, ma con l'accordo che, dopo un tot di giorni, puoi ancora decidere se tornare indietro. Se dovesse accadere, lo dovranno accettare».

Giorgia uscì dallo studio di Lorenza che non vedeva l'ora di sperimentare il cammino. Ma non lo disse ai genitori. Pretese che il patto che le aveva suggerito Lorenza venisse sottoscritto senza se e senza ma.

E la mattina dopo raccontò tutto a Vittoria.

«Vieni con me?» chiese all'amica.

«Fossi matta!» rispose Vittoria. «Ti voglio bene, ma a tutto c'è un limite: lo sai che la natura mi piace solo stampata su una cartolina. Però ti accompagno a comprare lo zaino. Preferisco lo shopping in città al cammino nella natura!»

DUE SETTIMANE PRIMA DEL CAMMINO

«Non me ne frega niente di questo zaino, non ho voglia di andarlo a comprare».

Giorgia era sulla scala mobile di un grande magazzino, con lei c'era Vittoria. La scuola l'avevano lasciata alle spalle ed era andata bene a entrambe: promosse, niente voti superlativi ma quel che bastava per essere soddisfatte.

Vittoria aveva intuito che l'amica era giù fin dal momento in cui si erano incontrate, alle dieci del mattino. Ma Giorgia non aveva voluto dire il perché. Certe volte il mutismo era la sua arma difensiva.

«Ma come... ti sembrava una roba tosta, la stiracervelli ti aveva convinta, no? E adesso?»

«Insomma, che cavolo ci vado a fare, a camminare in mezzo alla natura... io odio sporcarmi le scarpe».

«No, Giorgia» rispose l'altra sarcastica. «Quella sono io. Tacchi a spillo e trucco strong. Tu sei quella con le scarpe da ginnastica e al massimo qualche minigonna con il tacco dieci... Dai, che c'è? Dimmi che cosa hai di storto».

Quando Vittoria ti metteva alle strette, c'era poco da fare.

«Ho scritto a mia madre» disse piano Giorgia. «Quella vera».

Vittoria cambiò espressione. E decise anche di cambiare itinerario: andarono al bar del grande magazzino.

Due cappuccini e occhi comprensivi, che avrebbero voluto sanare ferite profonde. Vittoria non osava neppure chiedere.

Giorgia tirò fuori un foglio e lo consegnò all'amica.

«C'è un blog dove tutti possono scrivere, anzi ce ne sono molti di questi siti, in realtà, tutti cercano i genitori naturali. Più che altro scrivono alla madre, cercando di farsi riconoscere. È abbastanza assurdo, lo so. Ma ho tentato anch'io».

A Vittoria tremavano le mani, mentre leggeva a bassa voce:

Mamma, ti cerco. Dove sei? Io mi chiamo Giorgia Morini. Sono stata adottata da Davide e Diana. So che sono nata all'ospedale Careggi, a Firenze, ho sedici anni. Sono nata il 18 marzo. Non mi hai potuta riconoscere come tua figlia, ma io non ce l'ho con te. Voglio solo ritrovarti, voglio raccontarti come sono e quello che faccio. Sto bene con Davide e Diana, ma... mi manchi. Io sento che mi stai cercando, lo so che è così. Spero tanto che tu legga questo messaggio e mi risponda. Non devi dirmi niente, se non vuoi. A me basta conoscerti e abbracciarti, davvero.

Chiunque sappia qualcosa, per favore mi scriva.

Lascio la mia mail: giorgiaemamma@gmail.com

Vittoria piangeva. Si sforzò di sorridere all'amica: «Adesso mi dovrò rifare il trucco. Mannaggia a te». Poi si alzò dalla sedia con foga e un rumore forte invase la sala del bar, ma Vittoria, incurante degli sguardi curiosi e infastiditi dei vicini, andò ad abbracciare Giorgia. Avrebbe voluto proteggerla dalla sofferenza che le leggeva sul volto.

«Stiamo piangendo di brutto tutte e due» disse Giorgia. «Ci prenderanno per pazze».

«Chissenefrega!» le rispose Vittoria, che ora rideva.

Si ripresero in fretta. Ridevano e non riuscivano a smettere.

«Dai, andiamo a prendere 'sto zaino, così parti e non ti vedo per un po'. Mi dai un sacco di problemi ultimamente» sbottò Vittoria stampandole un bacio rosso sulla guancia.

«Ma sì, andiamo a comprare 'sto zaino... quello che costa meno... così mi si rompe al secondo giorno e sono costretta a tornare indietro!»

DUE GIORNI PRIMA DEL CAMMINO

Non si aspettava di incontrarlo. Porca miseria, non era certo in gran forma. Senza un filo di trucco e con gli occhi rossi di pianto: aveva litigato per l'ennesima volta con la madre.

Se lo trovò di fronte all'uscita del supermercato, bello come il sole... come sempre.

«Ciao!» le disse Edoardo. Stranamente l'aveva riconosciuta. «Abiti in zona, allora...»

«Già» sussurrò Giorgia, che sentiva il respiro mancarle. «Proprio di fronte alla scuola, comodo no?» continuò cercando di abbozzare un sorriso, ma quel che le uscì fu solo una smorfia.

«Già» rispose lui.

"Già l'ho detto io" pensò lei.

La conversazione non decollava. Non restava che salutarsi. Possibile? Vittoria l'avrebbe uccisa.

«Tu che fai quest'estate? Mare?» Domanda facile, era già abbronzato.

«Sì, certo» rispose lui, come se non esistesse altra opzione. «Vado in Sardegna con i miei. Sono tre anni che affittiamo sempre la stessa casa. Mi alzo dal letto e mi butto subito in acqua. Un posto fantastico. E poi ho un sacco di amici lì. E tu?»

«Io? Ah, be'... io quest'anno vado in cammino, sulla Via Francigena. Parto fra due giorni».

«Via... che? Cosa vuol dire che vai in cammino? Che fai esattamente?»

«Esattamente... cammino» disse lei che, pur amandolo, cominciava a spazientirsi. «Su un'antica via di pellegrinaggio che inizia a Canterbury e arriva a Roma. Sono 1600 chilometri in tutto. Io faccio un piccolissimo pezzo. Ovviamente».

Edoardo Serafini per un po' rimase muto.

«Quindi, in vacanza, cammini. Su una via di pellegrini!» Risata. «Ma che vacanza è?!?»

Ecco, doveva aspettarselo. Voleva morire. O uccidere i genitori. O zittire Edoardo. In ogni caso, non sapeva che dire. In fondo, aveva ragione lui.

Arrivò prima la voce di Edoardo che la sua.

«Mi sei sempre sembrata una tipa strana, Giorgia. Ti penserò quando mi sveglierò e mi tufferò nel mare della Sardegna. Praticamente tutte le mattine! Mi racconterai a settembre chi sono 'sti pellegrini che passano per la Via... Franchivattelappesca... oltre a te!» Poi montò rapidamente sulla moto e se ne andò.

Edoardo abitava solo pochi isolati più avanti. Ma non gli piaceva camminare. Questo era evidente.

REGOLE

Furono i primi ad arrivare. Giorgia, Diana e Davide. Scaricarono gli zaini dal pullman e si misero ad aspettare. Non sapevano molto degli altri partecipanti al cammino, però dalle foto del sito avevano ben presenti i visi delle due guide. Lui si chiamava Fabien, era francese, sposato da un anno con Gaia, che poi era l'altra guida.

A Diana il sito era piaciuto subito, innanzitutto per via dello slogan, brevissimo:

Noi, viandanti... a un passo dalle stelle!

Seguivano pacchetti di cammino per gruppi, coppie e singoli, tutti diversi, per tutte le tasche, per tutti i piedi.

E poi Gaia e Fabien erano giovani e avevano «visi accoglienti, da persone buone e amanti della natura», aveva detto Diana guardandoli dal monitor del computer.

«Sì, certo, mamma. E aiutano le vecchiette ad attraversare la strada, cuciono gli abiti ai bambini poveri e offrono un tetto ai senza dimora... Ma dai... li conosci, per caso?» era intervenuta Giorgia con tono polemico. «Come fai da queste due stupide foto a immaginare tutto questo?»

«È una sensazione, certo» aveva risposto Diana con la sua incrollabile fede nel prossimo, nonché nel suo istinto. «A te non capita mai di vedere una persona e decidere che ti piace, oppure che la detesti?»

«Ma se mi dici sempre di non farlo per non essere prevenuta! Sei tu a essere prevenuta in questo caso, anche se in senso contrario. Potrebbero essere dei serial killer, quei due, ma dato che camminano, sono automaticamente dei santi».

«Va bene, lasciamo perdere, Giorgia. Diciamo che ho scelto loro due come guide» aveva tagliato corto la madre. «Li incontreremo fra qualche giorno a Lucca, e spero che ti piacciano come sono piaciuti a me e a tuo padre».

Quel giorno era arrivato. Giorgia e i genitori sapevano solo che in cammino sarebbero stati in dieci, quattro nuclei familiari, ma non avevano idea di chi fossero, né sapevano da dove arrivassero.

«Tu sei Diana e tu Giorgia, giusto?»

Una voce sottile, un corpo apparentemente esile e uno zaino gigante rispetto alla sua altezza. Eccola, Gaia! Lo stesso sorriso della foto nel sito. Lo stesso viso allegro.

«Sì!» rispose prontamente Diana, stringendole la mano. «Lei è Giorgia, mia figlia. Anzi, nostra figlia, noi siamo in tre, c'è anche Davide, mio marito» e lo indicò.

«E lei è Viola». Accanto a Gaia c'era una ragazza alta, scura di carnagione e con un viso bellissimo. «È arrivata ieri sera da Torino. Verrà con noi in cammino e fra un paio di tappe suo padre ci raggiungerà».

Viola fece un grande sorriso.

In quel momento arrivò anche Fabien. Appariva più giovane rispetto alla foto del sito, pensarono all'unisono Diana e Davide.

E poi arrivarono gli altri pellegrini. Matteo e Giacomo, due fratelli, insieme a Renato e Alice, i genitori, da Bologna. E infine Leonardo e Gus, padre e figlio, da Zurigo.

Dopo le presentazioni, Fabien iniziò a parlare con il suo forte accento francese.

«Bene. Sicuramente nessuno di voi ricorderà un solo nome fra un minuto... Veramente nemmeno io! Ma in questo Gaia è più brava di me. Comunque, passeremo insieme tutta la sera e domani saremo come parenti... anzi, meglio, spero... Gaia mi dice sempre che in Italia si litiga molto in famiglia... Dunque, questa prima notte sarà un po' diversa dalle altre. La passeremo nel centro di Lucca, in una piccola ma accogliente pensione a gestione familiare. Io e Gaia, quando partiamo da Lucca per il cammino, la prima notte la passiamo sempre qui, dalla signora Luciana, la conoscerete, donna piena di risorse in cucina. Ogni famiglia stanotte avrà una stanza per sé, con il bagno e tutte le comodità, ma sarà l'ultima notte, poi si dormirà tutti insieme appassionatamente nei punti accoglienza della Francigena, che sono perlopiù ostelli, conventi, monasteri. Insomma, letti a castello, stanze in comune, bagni da condividere, nella maggioranza dei casi. Sarà durissima, ve lo prometto! Ma la prima sera è speciale, perché dobbiamo fare conoscenza e rispondere alle vostre domande, e soprattutto... dobbiamo spiegare le regole del cammino. Domande?»

«Andiamo a piedi alla pensione?»

Lungo e dinoccolato. Labbra piccole e inclini al sorriso, occhi neri stretti e lunghi, quasi diciott'anni. Matteo.

«Non sta scherzando, purtroppo» intervenne il padre con un sorriso fra l'imbarazzato e il divertito. «A sua parziale discolpa, posso dire che è stato tirato dentro il cammino, ma spera ancora che i genitori gli abbiano fatto uno scherzo. Invece è proprio tutto vero. E ora in marcia, samurai!»

Matteo non disse una parola e, dopo che il padre gli ebbe sistemato lo zaino sulle spalle, si avviò senza entusiasmo.

A sbuffare ci pensò Giacomo, il fratello più piccolo: si sistemò il cappello da cowboy abbassandolo sugli occhi, come a dire a tutti: non mi disturbate. E si mise dietro Matteo con lo stesso entusiasmo.

Seguivano Leonardo e Gus. Entrambi avevano detto poche parole, a parte il nome. Si incamminarono per ultimi, in coda agli altri.

Tutti i pellegrini, muniti di bastoncini da trekking o di bastoni da passeggiata in montagna, con zaini e qualche sacco a pelo penzolante, si misero in marcia.

Ciascun viandante, oltre allo zaino sulle spalle, aveva con sé un altro bagaglio. Invisibile, muto e solitario. Ognuno diverso dall'altro, ma con un tratto in comune: l'attesa di qualcosa che il cammino avrebbe (forse) svelato. Un carico sconosciuto e silenzioso.

La sera, la tavola della signora Luciana era piena di calorie. Salumi tipici toscani e tortellini fatti in casa facevano bella mostra di sé.

Dopo un brindisi per augurarsi buon cammino, fu Gaia a rompere il ghiaccio.

«A chi va di raccontare perché ha scelto il cammino?»

«Io sono un camminatore al contrario» esordì Renato. «Ho iniziato in città. A un certo punto, facevo tutti i giorni 13 chilometri in macchina per arrivare al lavoro. Siamo di Bologna, ma abitiamo un po' fuori dal centro, abbiamo scelto di stare nel verde, in campagna. Però lo paghi negli spostamenti. Non sono molti 13 chilometri, solo che in coda tutte le mattine ci impiegavo un'ora e mezza. E altrettanto al ritorno. Era diventato un incubo. Entravo in macchina e cominciavo a insultare chiunque mi fosse davanti. O cambiavo lavoro o cambiavo casa. Ma non potevo fare nessuna delle due cose. Così ho cambiato mezzo per arrivare al lavoro. Ho cominciato ad andare a piedi. Alice è da sempre una camminatrice. Abbiamo deciso insieme questo cammino».

«Io e Matteo non ve l'avremmo impedito. Infatti, che vi avevamo detto? Andate e camminate».

«La bellezza del cammino è anche che voi siete qui con noi» rispose Alice.

«Io non so fino a quando. Vi ho avvisati» concluse polemico Giacomo, sedici anni, diversissimo dal fratello Matteo. Capelli rossicci e occhi verdi, sguardo sempre di traverso, come se dovesse scrutare chiunque con diffidenza.

«Viva la sincerità, Giacomo» disse divertito Fabien. «Chi altri si vuole confessare?»

Fu Diana a parlare.

«In effetti, mi sembra un po' come essere a una seduta di terapia di gruppo!» disse con un'allegria forzata. «A me e alla mia famiglia a consigliare il cammino è stata la psicologa, Lorenza. Siamo in terapia di coppia, io e Davide. Non è indispensabile saperlo, ma dato che passeremo insieme un bel po' di tempo che male c'è a dirci le cose come stanno? Perché Lorenza ci abbia consigliato il cammino ve lo lascio intuire, fatto sta che abbiamo coinvolto anche nostra figlia, Giorgia. All'inizio lei era scettica». La guardò, sorrise, poi aggiunse: «Più che scettica, contraria! Ma poi si è convinta. Però abbiamo fatto un patto: se fra una settimana Giorgia non ne potesse più e volesse ripartire, torneremmo indietro tutti. Insomma, avete una settimana di tempo per farla innamorare del cammino!» concluse sorridendo a Gaia.

Giorgia detestò sua madre. Era riuscita a metterla al centro dell'attenzione, cosa che lei avrebbe evitato volentieri. Non era la prima volta. Diana si sentiva bene solo se stava in prima linea, sempre a viso scoperto. Ma poi scopriva anche gli altri. Giorgia invece faceva fatica a mostrarsi, stava a suo agio nell'ombra, in questo somigliava al padre. Che non aveva detto una parola.

«E ora come va, Giorgia? Ti va di camminare? Non ti devi preoccupare, in fondo è solo di questo che si tratta» le chiese Gaia.

Giorgia fece la sua solita alzata di spalle, come sempre quando non sapeva cosa dire o era imbarazzata.

«Ma sì, vedremo dai...» e morta lì.

Gaia non insistette. Cambiò direzione.

«Viola, invece, ha scelto lei di venire. Anzi, hai dovuto insistere un bel po', vero Viola? Con suo padre, Vittorio, che non era proprio convintissimo, ma alla fine ha ceduto e ci raggiungerà presto. Viola, vuoi dire qualcosa anche tu?»

«Boh, hai detto tutto tu!» se ne uscì Viola con il suo sorriso che era come il prezzemolo, lo metteva ovunque. «Mi piace il cammino, l'ho provato con mia madre fin da piccola. Anche a mio padre piaceva camminare, prima... Che dovrei dire di più?»

«Hai ragione, Viola. Basta! Altrimenti diventa davvero una seduta di psicoterapia di gruppo. Tanto avremo tempo per conoscerci a sufficienza. Avete scelto un itinerario bello e piuttosto lungo. Ve ne accorgerete! Cerotti per vesciche ne avete? Domande pratiche? O passiamo alle regole del cammino?»

«Prima delle regole,» intervenne Alice «perché non ci dite voi per quale motivo fate le guide nei cammini?».

«Io penso che lo capirete, giorno dopo giorno» rispose Fabien. «Posso solo dire che nel cammino ci stiamo bene, io e Gaia. Facciamo anche altro, io il grafico, Gaia la traduttrice. La vita scorre frenetica anche per noi: le consegne, le scadenze, le bollette e così via. Ma a un certo punto sentiamo il bisogno di rimettere lo zaino in spalla e andare a camminare, sotto la luna e sotto il sole, a un passo dalle stelle, come abbiamo scritto sul nostro blog».

«Scommetto che tu e Gaia vi siete incontrati in cammino». Il sarcasmo di Giacomo era difficile da mascherare. La madre lo guardò male, ma lui andò avanti imperterrito. «Vero?»

«Giusto, Giacomo» rispose Gaia. «È grave?» gli chiese poi ridendo.

«No, ma è quasi inverosimile, sembra una di quelle cose che trovi scritte nei cioccolatini».

«Giacomo, stai esagerando» intervenne il padre.

«Perché? Che ho detto?» si schermì lui con aria innocente.

Gaia lo abbracciò per far cessare ogni tensione dei genitori: «Sei fortissimo, Giacomo. E adesso ti svelo... le regole del cammino! Contento?».

«Valgono anche per me?... Scherzo! Non vedo l'ora di sentirle».

«Sono nove» cominciò a dire Gaia, rivolgendosi a tutti. «Segni particolari: rigidissime!

Regola numero uno, attenzione, sarà dura: l'uso del cellulare deve essere ridotto ai minimi termini, sempre e comunque solo con la vibrazione, almeno da quando iniziamo il cammino a quando si arriva alla fine della tappa. Siete pregati di stare al telefono il minimo indispensabile, perché lo spirito del cammino di gruppo è parlare e conoscersi, e non isolarsi al cellulare.

Regola numero due: durante il cammino faremo delle pause per mangiare e rifocillarci ma, se non ci sono problemi particolari – qualcuno che si fa male, ad esempio – le fermate le stabiliamo io e Fabien, altrimenti, avendo ognuno di voi esigenze diverse, si potrebbero creare dei malumori.

Regola numero tre: ognuno si porterà qualcosa da mangiare e da bere, ma – anche qui, sempre che non ci siano problemi particolari, tipo allergie alimentari – quando si fa la pausa si condivide tutto quello che si ha. Il "mio" e il "tuo" non esistono durante il cammino. Prima e dopo farete come vi sentite. Con noi si condividono cibo e bevande.

Regola numero quattro: in qualunque momento del cammino, da quando ci si sveglia alla buonanotte, gli ambienti dove sostiamo li dobbiamo lasciare puliti, meglio di come li abbiamo trovati. Noi siamo responsabili, tutti noi intendo, del mondo che abitiamo. Non stiamo a guardare cosa fa o non fa un altro pellegrino. Il cammino non ci salva dai maleducati e dagli incivili. Ma le persone che sono con noi lasciano dietro di sé puliti gli ambienti che hanno condiviso.

Regola numero cinque: ci si parla. Siamo un gruppo eterogeneo, nessuno si conosceva prima. In queste condizioni è facile che in noi umani nascano delle simpatie, ma anche delle antipatie. Non pretendiamo che vi siano tutti simpatici, ma non accettiamo che qualcuno sia escluso dal gruppo. O che si parli male di un altro pellegrino del gruppo.

Regola numero sei: se i ragazzi dovessero discutere – può succedere – non immischiamoci noi adulti. Le fratture fra ragazzi scompaiono in un giorno, negli adulti no. Ragazzi, se invece sono gli adulti a litigare, pensateci voi a calmarli.

Regola numero sette: i posti dove dormiremo, come sta scritto sul sito, non sono tutti uguali. Sono ostelli, antichi ospedali, vecchie caserme adibite a ostelli, oratori, foresterie, monasteri, conventi. Ci sono spesso bagni in comune e non sempre la pulizia è garantita. Qualche cimice la troveremo. Vi chiediamo di adattarvi e di non mettere il muso per una doccia che è da pulire o per un letto non proprio morbidissimo... o troppo morbido! E anche per la cena, come vi abbiamo detto all'iscrizione, scegliamo sempre i menù del pellegrino perché sono economici, ma non sempre sono all'altezza di un pasto da re. Il cammino è adattamento.

Regola numero otto: le credenziali. Ricordate il libretto che vi abbiamo consegnato al nostro arrivo? Attenzione, è importantissimo! In pratica, è il passaporto del pellegrino della Francigena. Senza quello, in alcuni luoghi non danno ospitalità. Dunque, trattatelo con cura, non perdetelo e tenetelo sempre a portata di mano. Sarà un ricordo bellissimo. A ogni tappa qualcuno – di solito i gestori dei posti dell'accoglienza notturna – ci firmerà le credenziali, ovvero metterà un timbro che attesta che abbiamo camminato per l'intera tappa. Alla fine, quando sarete a casa, vi riguarderete tutti i timbri e non vi sembrerà vero di aver fatto tanti chilometri a piedi.

Regola numero nove, ultima: dovete votare! Mi spiego: in questo cammino, complice anche il fatto che ci sono tanti ragazzi, abbiamo pensato di creare una pagina Facebook in cui descrivere le tappe e gli incontri. Se ne avremo voglia e se la maggioranza del gruppo è d'accordo, naturalmente».

«Chi è per la pagina di gruppo su Facebook alzi la mano, *please*» concluse Fabien.

Le mani dei ragazzi si alzarono tutte. Restarono giù quelle di Davide, il padre di Giorgia, e di Leonardo, il papà di Gus.

«Leonardo e Davide, siete in minoranza, temo che andremo su Facebook! Naturalmente chi non volesse comparire nelle foto sarà rispettato. Bene, se non ci sono altre domande direi che possiamo andare a dormire, domani ci aspettano 17 chilometri. È una delle tappe più brevi ma, essendo il primo giorno, meglio essere in forma».

Il gruppo si sciolse, non senza qualche malumore dei due più intolleranti, Giacomo e Giorgia, che dissero di non avere sonno. Ma senza successo.

Prima di lasciarli andare, Gaia annunciò: «Domani ci sarà una sorpresa sul cammino. La scoprirete in diretta. Vi posso solo dire che sarà circa all'undicesimo chilometro della tappa. Buonanotte a tutti!».

TAPPA 1 - 17 CHILOMETRI

Sorprese

In realtà, la prima sorpresa la fece... il tempo. Pioveva. Le previsioni non ci avevano azzeccato.

«Tirate fuori impermeabili ed eventuali cappelli. Si va! Cammino bagnato, cammino fortunato!» esortò Gaia col suo sorriso solare, a dispetto della pioggia battente. «Andiamo a Oriente via terra, come Marco Polo,» proseguì gioiosamente mettendosi alla testa del gruppo «e per uscire da Lucca ci lasceremo alle spalle Porta Gervasio. Da lì potremo dire di aver iniziato la Francigena per Altopascio».

«A che ora arriveremo, Fabien?» chiese Giacomo appena oltrepassata l'antica porta, e fiero mostrò alla guida il suo orologio con gps.

«Oggi è difficile dirlo, con la pioggia... e la sorpresa. Considera, Giacomo,» e prima di iniziare a spiegare chiamò a sé tutti i ragazzi e le ragazze del gruppo «che noi camminanti in genere avanziamo a 4 chilometri l'ora. Se andassimo veloci, potremmo farne 5 in un'ora, ma poi probabilmente avremmo anche vesciche e dolori alle ginocchia. Fortemente sconsigliato! Considerate anche che le tappe lunghe hanno più fermate. Ogni stop dura sempre fra i 30 e i 40 minuti. La sera vi diremo i chilometri del percorso del giorno dopo e il numero di pause previste. In questo modo potrete avere subito un'idea dell'ora di arrivo. Oggi piove, secondo me cammineremo anche sotto i 4 chilometri. E poi è una tappa... particolare. Ma il capo non mi ha autorizzato a parlare». Poi Fabien osservò meglio Giorgia, che avanzava faticosamente, e le andò vicino: «Giorgia, come va? Il tuo zaino mi sembra un po' pesante anche da sotto la mantella... Quanti chili ti porti dietro?».

Giorgia provò a fare la sua solita alzata di spalle per dire che non ne aveva idea, ma con il peso dello zaino venne fuori una specie di rappresentazione comica del gobbo di Notre Dame.

«Non lo so» rispose infine con tono scontroso.

«Ben 10 chili e 600 grammi» intervenne Davide, il padre. E continuò: «L'ho pesato io prima di partire. A Giorgia non interessava saperlo».

In quel momento tutti compresero che il bello, si fa per dire, del cammino consisteva nel fatto che molto di quello che veniva detto si condivideva. In tempo reale. Tranne quando ci si diceva qualcosa camminando vicini vicini, allora il numero dei confidenti scendeva.

Giorgia era furiosa. Era già la seconda volta che finiva al centro dell'attenzione.

«Non va bene» le disse serio Fabien. «Il tuo zaino dovrebbe essere sui 6 chili, considerando il tuo peso. Sono troppi quelli che ti stai trascinando dietro».

«Sì, lo so, me lo hanno detto» rispose Giorgia riferendosi ai suoi genitori. «Ma io ce la faccio» concluse ostinata.

«Non ho dubbi. Però stasera avrai un dolore dannato alle ginocchia, e poi alla schiena».

Giorgia non rispose, però guardò male Fabien.

«Non te lo sto augurando, Giorgia. Sono solo certo che il tuo carico è eccessivo. Ci sono molte cose di cui puoi liberarti, scommettiamo? Procedi molto lentamente. Poi, alla tappa-sorpresa, vedremo insieme lo zaino, vuoi?»

«Va bene» disse Giorgia.

Il padre guardò Fabien riconoscente e il francese ricambiò la muta comunicazione. Messaggio in codice: “Cavolo se è tosta, tua figlia!”.

La pioggia continuava a battere contro gli zaini e i lunghi mantelli senza tregua. Per fortuna, il sentiero era quasi interamente su strada asfaltata e non c’era fango. Tutti erano con il viso dentro i cappucci e a malapena vedevano i propri compagni.

Attraversarono un paesino con grandi ville recintate che nascondevano giardini curati, e giunsero nei pressi di una chiesa antica. La facciata era bella, ma la chiesa era inagibile. Accanto c’era un piccolo cimitero con un cancello in ferro battuto. Poco dopo Gaia disse: «Fermi tutti. Ne manca uno, Gus... Qualcuno ha forse visto Gus? Era qui un momento fa...».

Il padre di Gus, Leonardo, si guardava intorno con aria smarrita.

Matteo cominciò a chiamare Gus, ma non ci fu alcuna risposta. La pioggia battente non aiutava. E neppure il rumore, in sottofondo, delle macchine che sfrecciavano sulla strada provinciale alle loro spalle.

Intervenne Giacomo: «È inutile chiamare, non ci sente o non vuole sentire». Quindi fece dietrofront e cominciò a guardarsi intorno.

Prima il cimitero non l’aveva notato. Si accorse che il cancello era aperto. Entrò e vide Gus. Era in piedi vicino a una tomba e sembrava immerso in chissà quali pensieri. Giacomo gli andò accanto, ma l’altro neppure lo sentì. Sulla tomba c’era la foto di una donna, bionda e giovane, che sorrideva.

«Gus... che fai qui?»

Gli altri, dopo una breve attesa, avevano deciso di seguire Giacomo nel cimitero.

«Niente» rispose Gus come in trance. «Mi sembrava di conoscerla...» e indicò con gli occhi la tomba.

«Ci hai fatto spaventare» gli disse Giacomo. Poi vide Matteo e gli altri arrivare. «Eccoli. Dai, vieni, adesso ti faranno un sacco di domande. La risposta che hai dato a me te la sconsiglio, non ci crederebbero» aggiunse senza tanti complimenti. «Diremo che hai visto un cane che entrava qui dentro e volevi seguirlo. Poi però è sparito, ok?»

Gus non rispondeva.

«Ehi, sei sintonizzato?»

«Ma sì... va bene, ok».

Quando raccontarono la storia del cane, la comunità camminante la prese per buona. Solo il padre di Gus si avvicinò alla tomba dove si era fermato il ragazzo e, quando vide la foto della giovane donna, disse frettolosamente: «Ora andiamo, si fa tardi».

Era la prima frase che articolava, nessuno lo aveva ancora sentito parlare, se non con qualche sì e no. Rimessosi in cammino, Leonardo non disse niente al figlio. Neppure uno sguardo. E tutti si chiesero il perché.

La pioggia era diminuita e non copriva più il rumore dei passi e quello dei bastoni dei pellegrini.

Giunti all'altezza di un paese, Gaia si fermò e disse: «Eccoci arrivati. Qui ci aspetta la sorpresa che vi dicevo, siete abbastanza affamati?»

I ragazzi, a cominciare da Giorgia, urlarono un entusiasta: «Siiiiiiiiì!».

«Procediamo per 500 metri in questa stradina e saremo arrivati».

Gaia e Fabien si misero alla testa del gruppo. Svoltarono in una piccola strada non asfaltata. Tutto intorno c'erano campi di girasoli e qualche albero ai lati del sentiero. In quel momento smise di piovere e all'improvviso un arcobaleno si stagliò di fronte a loro.

«Guardate!» disse Viola indicandolo.

«È un buon segno» le fece eco Diana.

«Segno che abbiamo fame e vogliamo fermarci» rispose Matteo.

Nascosta da alti cipressi e un basso muro in pietra, all'improvviso spuntò fuori una villa di mattoni rossi adagiata su una collinetta. Aveva grandi vetrate e tende colorate si affacciavano a ogni finestra.

Gaia suonò. Rispose una voce femminile.

«Siamo arrivati!»

Un uomo e una donna, piuttosto anziani, avanzarono verso il cancello e lo aprirono.

«Benvenuti, pellegrini!»

«Ciao mamma, ciao Ernesto. Come state?» disse Gaia e abbracciò entrambi.

Fabien fece altrettanto. Poi fu Gaia a fare le presentazioni. La madre, Laura, era uguale alla figlia, ma molto più alta. Stesso sorriso sul mondo.

«Siamo arrivati alla sorpresa! E non è finita qui. Venite dietro casa. Possiamo, mamma?»

«Ma certo! Vi aspettavamo, è tutto pronto» disse Laura facendo strada.

Appena dietro l'edificio si apriva un giardino pieno di pini e querce. All'orizzonte, solo campi coltivati e piccoli sprazzi di bosco. Sotto un porticato di glicine avevano apparecchiato una lunga tavolata con ogni ben di Dio. Salumi, melone, grandi insalate e diversi formaggi, piccole ciotole con mostarde e miele per i formaggi. E poi c'erano dei cestini coperti con tovaglioli di stoffa, sotto i quali si intravedeva della meravigliosa mollica di pane, di tanti colori, dal bianco al nero.

«Eccezionale! Grazie, Laura. E che meraviglia questo posto!» esclamò Alice contemplando il giardino.

«Io ci sono nata, qui» disse Gaia. «È vero, è proprio magico».

«Io, invece, sono arrivato dopo» disse Ernesto sorridendo. «Ma non riesco più a starci lontano».

Gaia lo abbracciò. Era il suo patrigno. Laura aveva perso il marito ancora giovane ed Ernesto era arrivato cinque anni dopo, facendo in tempo a esserci anche per l'adolescenza di Gaia: guardandoli, erano evidenti l'intesa e l'affetto che li univano.

«Che buon profumo di pane! E quello è un forno a legna...» intervenne Diana. «Scommetto che fate voi il pane».

«Sì, proprio così» spiegò Laura. «In questa zona il pane è simbolo di ospitalità per i pellegrini fin dal Medioevo».

«E ora questi moderni pellegrini» disse Ernesto «li facciamo sedere a tavola, che ne dici Laura?»

Renato non se lo fece ripetere e prese posto per primo.

Tutti gli zaini e i bastoni finirono appoggiati agli alberi e gli impermeabili furono messi ad asciugare sul muretto all'ingresso, dove aveva cominciato a battere il sole.

I ragazzi presero posto tutti insieme e in un battibaleno la loro parte di tavola fu vuota. Si spolverarono tutto.

Laura ed Ernesto portarono ancora altre cose da mangiare, ma Fabien frenò l'arrembaggio: «Ragazzi, non vi riempite troppo la pancia, fra poco dobbiamo rimetterci in marcia e non riuscirete a camminare se siete appesantiti. Ricordate la favola di Cappuccetto Rosso e la fine del cacciatore?».

«È Giacomo che è un lupo!» sbottò ridendo Viola. «Mangia per tre!»

«Io consumo doppio» rispose Giacomo agguantando un pezzo di formaggio e del pane.

«E perché?» chiese Giorgia.

«Perché non solo cammino, ma penso».

«Sarebbe una novità» se ne uscì Matteo ingoiando un pezzo di formaggio.

Giacomo non fece in tempo a rispondere perché Fabien, per alleggerire l'atmosfera tra i due fratelli, si rivolse a Giorgia: «Andiamo a controllare lo zaino? Sei pronta a liberarti della zavorra?».

«Non c'è niente di superfluo, se è questo che intendi» rispose lei poco conciliante.

In realtà, Giorgia diventava rossa ogni volta che Fabien le si avvicinava, questo le dava sui nervi e rispondeva male per non sentirsi in imbarazzo. Non era bello Fabien, pochi capelli e pochi muscoli. Però aveva una dolcezza fuori dal comune. E occhi nocciola che raccontavano la sua bellezza interiore.

«Vieni con me Giorgia, vedrai che troveremo la zavorra».

Come non seguirlo?

«Venite tutti» aggiunse poi la guida. «Cominciamo a liberarci dell'inutile».

Presero per primo lo zaino di Giorgia e lo poggiarono su un piccolo tavolo vicino al porticato.

«Comincio a svuotarlo?» chiese Giorgia.

Possibile che fosse sempre lei al centro dell'attenzione?

Fabien le diede il via.

Giorgia iniziò dalle tasche laterali. Le cose piccole e piccolissime non finivano mai. Poi passò alla parte centrale: qui stavano sacco a pelo e pigiama, pantofole, calzini, sandali, scarpe da ginnastica, magliette, ancora magliette colorate, tre felpe con strass, cappelli di diversi colori, con o senza visiera. E ancora spazzole e perfino un piccolo phon. Fuseaux, tute: nera, rossa, marrone. E due paia di jeans! Poi asciugamani. Un libro. Una penna e un enorme block notes. Il cellulare.

«Secondo me pesa almeno 15 chili, tuo padre si è sbagliato» commentò Fabien a occhi spalancati.

Anche gli altri ragazzi erano stupiti da quante cose stessero ancora uscendo da quello zaino.

«Mi serve tutto» disse Giorgia sfidando Fabien.

«Dal tuo punto di vista lo capisco. Tu normalmente viaggi così. Tutti viaggiamo così. Ma...»

«Ma non quando dobbiamo portarci tutto questo sulle spalle» concluse Giacomo.

Giorgia lo incendiò con lo sguardo e Matteo fece altrettanto.

Fabien proseguì: «Il cammino non è un viaggio come gli altri, Giorgia. Non andiamo a visitare musei, palazzi, chiese o ad ascoltare musica, vedere concerti. Camminiamo in mezzo alla natura ogni volta che il sentiero lo consente. E di cosa hai bisogno quando attraversi un bosco o un sentiero di campagna? Dell'essenziale. Ovvero pochissimo».

«Dovrò pur vestirmi, no?» sbottò Giorgia spazientita.

«Esatto! È estate. Bastano tre magliette a maniche corte. Lavi una e metti l'altra. Quella bagnata l'appendi allo zaino con le spille da balia che ti darò, così durante il giorno si asciuga. Se dovesse piovere, hai quella della notte di scorta. Un pigiama. Una felpa per la sera. Un paio di sandali per la doccia oppure da mettere se hai le vesciche. Due paia di pantaloni. Spazzola. Sapone. Burro cacao. Crema solare. Ce l'hai la crema solare? E voi l'avete? E avete una crema all'arnica?»

«Ce l'hanno i miei genitori» rispose Giorgia. E così pure Matteo e Giacomo.

«Giorgia, riduciamo?» le disse dolcemente Fabien.

«Ma adesso dove la metto tutta questa roba in più?»

«Te la terrà Laura. E poi te la spedirà a casa. A spese tue, naturalmente!»

«Va bene» accettò Giorgia sollevata. La sua schiena chiedeva pietà. «Ma solo io devo svuotare?» chiese poi guardando gli altri con un'espressione di sfida.

«Ah, non sia mai!» rise Fabien. «Dai... Giacomo, Matteo, Gus e Viola. Liberatevi!»

Tutti, tranne Gus, andarono a prendere gli zaini. Ognuno tolse tante cose che sembravano importantissime... fino al giorno prima. Fabien fece per ciascuno una busta diversa e scrisse sopra nomi e indirizzi.

«Allora, come vi sentite adesso?» chiese Fabien.

«Libera» rispose Viola con un gran sorriso.

«Leggero» disse Matteo soddisfatto.

«Funzionale al cammino» fu la risposta di Giacomo.

«Deprivata... delle mie cose essenziali!» disse Giorgia con un lieve sorriso. Il primo.

«Questo sarà lo slogan del primo giorno di cammino da postare su Facebook!» concluse Fabien trionfante.

TAPPA 2 - 23 CHILOMETRI
Confidenze

Il tempo era magnifico. I pellegrini erano partiti alle otto dopo una colazione abbondante.

Passando per Galleno, affiancarono un altro piccolo cimitero e, vedendolo, Matteo disse a Gus: «Oh, non correre dietro ad altri cani, ché non ti veniamo più a cercare dentro i cimiteri!».

Giacomo gli assestò un pugno in pieno viso con lo sguardo. Gus fece finta di niente e proseguì. Però faceva fatica, si teneva da dietro lo zaino con le mani.

«Gus, perché non hai lasciato anche tu le cose inutili dalla madre di Gaia?» gli chiese Viola.

«Non mi andava» rispose lui. «E poi non avrei saputo cosa lasciare».

«Anch'io avrei detto così, però in realtà ha ragione Fabien, c'è sempre tanto di inutile. Senti Gus, tu il cammino lo hai scelto, vero? Ci scommetto».

«Sì, è così, l'ho proposto io a mio padre. Ma non so se sia stata una buona idea».

«Non dirlo a me! Io il mio l'ho dovuto ricattare. Se non vieni non mi vedi più, gli ho detto. Lo vedo talmente poco... Ha un'altra famiglia e noi, io e mia madre, siamo quella di serie B. Solita storia. Anzi, no. In realtà mio padre è andato a innamorarsi della sua ex donna, dieci anni dopo che l'aveva lasciata. Lei, dieci anni dopo, appunto, gli ha presentato la figlia e gli ha detto: 'Lei è Raffi, caro, tua figlia'».

«Sembra un film» disse Gus. «Non ci ho capito molto».

«Lo so, è complicato. Lei, la donna da cui è tornato mio padre, si chiama Orsina, pensa che nome assurdo. Questa Orsina aveva avuto una figlia, nata dalla prima relazione con mio padre, quando erano giovani. Lui a un certo punto l'aveva mollata. Ma lei era incinta. Orsina per orgoglio non glielo disse ed ebbe la bambina da sola. Non c'è dubbio che sia vero. Ci ha dovuto credere anche mia madre, perché questa figlia, Raffaella, che è più grande di me di quattro anni, è uguale a mio padre. Lui lo ha saputo quando, dopo tanti anni, lui e Orsina si sono rincontrati e hanno ricominciato a vedersi. Le cose con mia madre andavano già male... Così mio padre alla fine ha scelto Orsina. E la figlia Raffaella. E questa è la storia della mia vita».

«E cosa c'entra il cammino?» le chiese Gus.

«C'è un mio amico che ha fatto da piccolo la Francigena con i suoi. E poi lo scorso anno hanno fatto Santiago. Lui si diverte, incontra un sacco di persone, è uno che fa amicizia facilmente. E poi gli piace la natura. Io ho fatto sempre la scout, figurati, e allora mi è venuta voglia di provare il cammino con papà. Anche perché avevo pensato, stupidamente, che potesse essere l'unica occasione per stare da soli davvero, io e lui».

Viola aspettava che Gus reagisse. Che raccontasse la sua storia. O commentasse quella che aveva appena sentito. Niente. Nemmeno un sussurro, uno sguardo, un mugugno.

A Viola quel silenzio non andava giù. Era poco abituata al silenzio.

«Lo sai che fra pellegrini si comunica? Si condividono le storie insieme al pane. Non è per farmi gli affari tuoi, è proprio lo spirito del cammino...»

«Sì sì, però non farmi la lezione sui pellegrini, adesso» se ne uscì brusco il ragazzo. Poi si scusò. «È che non sono sicuro che per me funzioni. Per mio padre e me. Ma non ho voglia di parlarne».

«Ok, capito» disse Viola allungando il passo e lasciandolo solo.

A Gus si affiancò allora Giacomo: «Problemi con lo zaino?».

«Si vede?» rispose l'altro con una sorta di ghigno.

«Si vede che ti sta lasciando...»

«Si vede che è un'abitudine» aggiunse Gus serio.

«Qualcuno ti ha lasciato?»

Gus non rispose.

Giacomo ricordò in quel momento la foto che il ragazzo aveva contemplato al cimitero. Quello che era un sospetto divenne una certezza. Stette in silenzio per un po'.

«Ti va di parlarne?» gli chiese poi timidamente.

«Mio padre mi disse la stessa cosa un anno fa, a luglio». Gus parlava piano, così Giacomo gli si fece più vicino. «Tua madre ci sta lasciando, Gus. Dovevo dirtelo. Vuoi parlarne? Tutti vogliono parlare. Mamma somigliava alla donna del cimitero, incredibile come le somigliava. Mia madre era svizzera tedesca, era bionda, aveva occhi verdi, era bella. Anche con il cancro, fino all'ultimo è stata bella. A parte quando ha fatto la chemioterapia, che la dissanguava. Era un fantasma, bianca e senza vita. Infatti a un certo punto non l'ha voluta più fare. Ha chiesto ai medici: 'Mi salvate con la chemioterapia?' e quelli le hanno risposto che no, non la salvavano ma le allungavano la vita, ma non sapevano nemmeno di quanto tempo. Allora mamma, d'accordo con papà, l'ha smessa. Non voleva più vivere vomitando, due mesi in più. Se n'è andata a settembre. Papà è emigrato a Zurigo con i suoi genitori quando aveva dodici anni. Loro due si erano conosciuti all'università. Lui ingegneria, lei geologia. Me lo raccontava sempre mamma, erano diversi che più differenti non si può. Magari è per questo che sono sempre andati d'accordo. Litigi sì, ma stare lontani no. Quando erano giovani, e io non c'ero, hanno fatto insieme un pezzo di Francigena, quello svizzero. Poi insieme ne abbiamo fatti altri di cammini, nel nord Europa. In uno di questi, avevano progettato di fare il pezzo toscano insieme a me, perché papà è originario di Siena. Ma non è andata bene». Gus smise di parlare.

Giacomo si sentì investito fin dentro il cuore da quel silenzio.

«Hai chiesto tu a tuo padre di fare la Francigena?»

«Sì, tre mesi fa, e lui ha accettato. Poi, una settimana prima di partire, non voleva più farla. Ho faticato per convincerlo a venire. Voleva addirittura mandarmi da solo. Lui non ce la fa, non riesce a convincersi che non c'è più. A ogni passo, lo so, si aspetta di vederla arrivare».

«Non riuscite a rassegnarvi. Lo capisco, anche per me sarebbe uguale» disse Giacomo. Gli era uscita solo quella banalità e non sapeva che altro aggiungere. Si sentì un cretino subito dopo, perché le sue parole gli sembrarono puerili. Odiava le frasi fatte e ne aveva appena detta una. Ma l'aveva tirata fuori per una specie di affetto istintivo verso Gus. E lui lo capì. Gli fece un sorriso appena accennato, di quelli che ringraziano muti.

«E tu e Matteo? Abbiamo capito che non siete entusiasti di camminare» chiese Gus.

«I miei sì, però. Non ce l'hanno imposto, in realtà. Però ci tenevano un casino. E io e Mat non abbiamo detto di no. Un po' di curiosità ce l'avevamo. Penso che ci tengano anche perché sperano che io e Matteo si rallenti un po', così dicono. Prendi me, ad esempio: loro dicono che faccio tutto di fretta e che mi piace solo quello che va veloce. Faccio snowboard? Ai miei non piace, perché dicono che aggredisce la montagna e scempiaggini del genere. Ho il pallino della tecnologia, ok è vero, ma che male c'è? D'altronde non è colpa mia se loro sono nati nella preistoria e io quando era già cambiato tutto. Mi piace la matematica e odio la storia: che senso c'è nel rivangare il passato? È noioso, triste. I miei vivono nel passato. Io invece faccio fatica a pensare all'oggi, per me il domani è il tempo giusto. Così, tanto per rendermi le cose facili, mi hanno portato in cammino: sono tornato alla preistoria. Naturalmente, per loro la lentezza è un valore. Io invece non le sopporto le persone lente, pensa te».

Gus rimase in silenzio. Poi disse: «Mi sa che assomiglio a quelli che tu non sopporti. Aspetto sempre prima di parlare perché ho paura di sbagliare. E sono lento a capire, forse per questo mi piace camminare».

Stavolta fu Giacomo a restare muto. Sentiva la gaffe esplodergli sul viso, era diventato del colore dei suoi capelli.

Gus, però, non voleva rendergli le cose difficili: «Io sto bene così. La storia mi appassiona perché nel passato ci leggo anche il domani. Però le persone veloci e che hanno fretta, come te, non mi danno fastidio, tranquillo».

Giacomo sorrise, ma non riusciva a non sentirsi in imbarazzo. Si vedeva.

«Comunque pensavo peggio, il cammino, Gus. Davvero, sai?»

«Mmh mmh» mugugnò il compagno con un sorriso sottile sottile, come il suo viso ovale e con i lineamenti leggeri, che andavano all'insù, a partire dal naso, le labbra e gli occhi a mandorla.

«Sai cosa mi piace del cammino?» insistette Giacomo. «La regolarità: è scientifico. Con lo zaino si fanno 4 chilometri l'ora con un passo regolare. Ha ragione Fabien, io so quando parto e, se conto le soste, posso calcolare perfettamente l'arrivo». Vedendo che Gus non rispondeva, Giacomo gli chiese:

«E a te?».

«A me della regolarità non importa niente» rispose Gus. «Mia madre era una fan del cammino e, dato che era geologa, quando partivamo lei studiava il percorso che avremmo fatto e poi ci raccontava i segreti del territorio. Sapevamo tutto della terra e delle pietre su cui camminavamo. Fin da piccolo in vacanza mi spiegava come si era formato un paesaggio, erano le mie favole serali. Una semplice pietra racchiude la storia del nostro passato, mi diceva sempre. Ah già, scusa, a te non interessa la storia e tantomeno il passato...»

«No, invece! Quella di tua madre è scienza» esclamò Giacomo, che ci teneva a farsi vedere convinto. «Non sono mica elucubrazioni spirituali, quelle non le sopporto! Ma la geologia è fichissima».

«Be', allora...» Gus si apriva a Giacomo piano piano, con qualche diffidenza. «Sai che in questa zona che stiamo attraversando, le Cerbaie, esiste una pianta carnivora?»

«Carnivora?! Be', comincia a diventare interessante il cammino...» disse Giacomo ridendo.

Gus consultò il taccuino, lo stesso che usava la madre quando camminavano insieme, poi iniziò a spiegare: «Si chiama Drosera Rotundifolia, è un relitto della tundra dell'era glaciale. In sostanza, dove stiamo camminando, nell'era glaciale c'era la tundra, una pianura sterminata e senza alberi, con temperature, appunto, freddissime. Incredibilmente la pianta carnivora, la Drosera, oggi è una sopravvissuta di quel tempo».

«Fichissimo!» commentò Giacomo. «La dobbiamo assolutamente vedere, diciamolo anche agli altri... Scommetto che tu diventerai un geologo, Gus!»

«Vorrei, sì» rispose l'altro. «Ma non lo so se sono adatto... è un percorso lungo e difficile. Quest'anno, in seconda liceo scientifico, per un pelo non mi hanno bocciato».

«Anch'io sono al secondo anno... Resisti, Gus!» quasi gridò Giacomo, a mo' di incitazione affettuosa, vedendo il compagno di cammino depresso. Non era da lui dare incoraggiamenti. Si sentì un po' cretino e mormorò imbarazzato delle scuse. «Detto così sembra che io sia un genio, invece faccio una fatica mostruosa e per poco non mi becco tre materie» e qui cominciò a ridere. Gus gli andò dietro.

Poi Giacomo, sempre con il sorriso, aggiunse: «Senti, ma se intanto facessimo un giro con mio fratello Matteo dalle parti di questa Drosera...? Pensi che ce la farebbe a stritolarlo tutto intero? Come la vedi?».

«Guarda che è una pianta carnivora, mica un serpente boa» rispose Gus.

Ricominciarono a ridere. Ormai solo per il gusto di ridere, come quando uno contagia l'altro e non riesci più a smettere. Risero così tanto che lo zaino di Gus, già compromesso, lo abbandonò. Una delle bretelle, che ballavano da un po', cedette. E per poco non finì nella pozza d'acqua che stavano scavalcando in quel momento: la pioggia del giorno prima aveva reso il terreno fangoso e camminare era poco agevole.

«Accipicchia, che guaio!» disse Gaia fermandosi immediatamente.

«E adesso, come lo porta?» chiese Giorgia.

«Dunque,» rifletté Gaia «mancano 7 chilometri a San Miniato... Qui vicino, a 300 metri circa, troveremo un posto dove fermarci. Ce la fai a portarlo per un piccolo tratto, Gus? Certo, il fango non aiuta».

«Nessun problema» rispose subito il ragazzo.

«Tranquilla» disse anche Giacomo. «Lo aiuto io, se c'è bisogno».

In quel momento il padre di Gus gli si affiancò: «Vuoi che lo porti io? Ce li scambiamo...».

Ma il figlio rifiutò e si incamminò per primo. Gli altri lo seguirono. Giacomo si avvicinò a Gus.

«Sono pesanti? Non lo zaino, intendo. Gli altri. Io odio tutto questo stare insieme, questo preoccuparsi per un altro fino a rompergli le palle pure se con l'intento di aiutarlo. Tu no?»

«Può essere pesante sì, ma hanno ragione. Non si può partire con uno zaino come il mio, era già difettoso».

«E allora? Saranno affari tuoi o no?»

«Non funziona così in cammino, se sei insieme ad altri. Se diventi un peso per tutti, sei tu il cretino».

«Sì, lo capisco...» ammise Giacomo. «Comunque, conta su di me se perdi pezzi! Sono abbastanza massiccio da sopportare ben più del peso che porto. Davvero».

«Va bene, grazie. In effetti non so quanto resisterà...» concluse Gus toccando la bretella difettosa.

Arrivati a un piccolo paese, si sistemarono su alcune vecchie panchine abbandonate. Cominciarono a mangiare, mentre Fabien controllava lo zaino di Gus.

«Questo zaino è vecchio, Gus. La bretella stava già cedendo, non lo avevi visto?»

«Sì, ma non ho avuto il tempo di cambiarlo prima del cammino».

«Male, non si parte con uno zaino ridotto così» incalzò Fabien guardando il padre di Gus. «Si mette in difficoltà se stessi e gli altri».

Leonardo non aprì bocca. Come al solito sembrava fosse lì per caso. Quella era l'impressione che dava a tutto il gruppo.

«Ho un'idea» disse a un tratto Matteo. «Noi abbiamo tolto un po' di roba dai nostri zaini. Adesso, fino a San Miniato, prendiamoci ognuno qualcosa di Gus, e poi in paese lo aggiusteranno...»

Gaia e Fabien sorrisero a Matteo. Era stato proprio lui a parlare? Quello che fino a due giorni prima voleva andare in macchina all'ostello?

«Ottima idea, Mat» disse Fabien. «Va bene per tutti?»

«Per noi sì!» rispose immediatamente Alice.

«Nessun problema. Bravo, Matteo» disse Davide, il padre di Giorgia. E Diana annuì, regalando a Matteo un gran sorriso.

Giorgia cominciò a svuotare lo zaino senza dire una parola. Giacomo la imitò e così tutti gli altri.

«Abbiamo anche mangiato, quindi c'è più spazio» disse Viola per sdrammatizzare.

Gus, che l'aveva trattata male quando Viola aveva cercato di parlarci, si sentiva in colpa verso di lei. Fu la prima a ricevere qualcosa del suo zaino.

«Prendi solo queste». Le rivolse un sorriso che sapeva di scuse. «Due magliette, sono leggere. Grazie, Viola».

Lei ricambiò il sorriso e le spuntarono due fossette sulle guance che diventarono rosso fuoco. Per sfuggire allo sguardo di Gus, si chinò velocemente per ficcare nello zaino le magliette. A Gus forse era sfuggito il rossore di Viola, ma non a Giacomo, che strizzò l'occhio al fratello maggiore. Questo neppure lo vide: a sua volta era impegnato a cercare di conversare con Giorgia, anche se lei non gli dava grande soddisfazione.

In cinque minuti Gus aveva distribuito quasi tutto.

«Ecco, così lo puoi portare. Che ne dici?» disse Gaia appendendogli lo zaino con una sola bretella su una spalla.

«Leggerissimo!» esclamò Gus.

«Sì» intervenne Fabien. «Ma dovendo portarlo su una spalla meglio essere prudenti. Si va?» concluse poi rivolgendosi al gruppo.

Tutti si rimisero la casa da cammino sulle spalle e il bastone da pellegrino al fianco. Pronti alla partenza.

In quella tappa il fiume Arno seguiva silenziosamente i pellegrini, senza farsi vedere troppo spesso.

Passata un'ora, Giorgia cominciò a lamentarsi.

«Fabien, ma quanto manca? Io ho troppo male ai piedi, non riesco più a camminare».

«Vesciche? Ormai siamo quasi arrivati, Giorgia. Se ti togli le scarpe ora, poi rischi di non riuscire più a camminare. Devi continuare. Resisti. Un'ora e siamo a San Miniato Alto, dai...»

Giorgia fece una smorfia di disgusto per l'ora di cammino che le sarebbe sicuramente sembrata eterna. E le faceva rabbia che Fabien gliel'avesse annunciata come se fossero stati cinque minuti!

Infine arrivò la lunga salita verso San Miniato.

"Non ce la farò mai" pensò Giorgia appena la vide.

«Ce la farai, Giorgia, stai serena» le disse in quel momento Gaia, come se le avesse letto nel pensiero. Giorgia fece un sorriso forzato e serrò le mascelle.

Prima della fine della salita c'era la casa di Stella. Gaia esclamò: «Eccoci! Adesso giriamo in questa viuzza e siamo arrivati dal calzolaio di San Miniato che, tenetevi forte, è una donna! Si chiama Stella, è croata e vive a San Miniato da cinque anni perché ha sposato il fratello del nostro frate, che stasera, tra le altre cose, ci sfamerà. Non è fantastico? Seguitemi».

Un piccolo portone sormontato da uno scarpone gigante, dov'era scritto "Benvenuti" in italiano e in un'altra lingua che intuirono essere il croato, e una campana fatta anch'essa a forma di scarpone levarono ogni dubbio a tutti sul fatto che fossero arrivati.

Gaia agitò lo scarpone-campana e apparve subito un donnone di un metro e ottanta, sulla cinquantina. Occhi verdi e capelli neri. Doveva essere stata bellissima da giovane. Conservava uno sguardo magnetico e un viso irregolare che si apriva su un sorriso accogliente.

«Eccoli, i miei pellegrini!» disse Stella facendosi da parte per farli entrare in casa. «Adesso, prima cosa,» aggiunse con voce potente «toglietevi le scarpe! Non mi interessa se puzzano i piedi, importanti sono due cose: la mia casa pulita... e poi la vostra comodità».

Tutti obbedirono con sollievo a quell'ordine impartito con un forte accento straniero.

«Ah, che bellezza!» gioì Alice.

«Il momento più bello della giornata!» le fece eco Diana sorridendole.

«Sì, ma i miei piedi non rientreranno più qui dentro!» disse Renato abbandonando gli scarponi da trekking.

«Io col cavolo che me li rimetto. Piuttosto scalza» concluse Giorgia sentendo il dolore delle vesciche.

Stella aveva un piccolo laboratorio in quella che doveva essere stata, prima che lei arrivasse, la cantina della casa. Sembrava il regno delle fate. O quello delle streghe. Ovunque c'erano bauli aperti pieni di scarpe vecchie e altre cianfrusaglie. Strisce di cuoio erano posate disordinatamente sui tavoli da lavoro, assieme a colle e attrezzi da calzolaio. Su una lunga mensola in legno erano esposte con orgoglio scarpe da trekking vecchissime, mentre alcune nicchie conservavano piccoli e grandi zaini in cotone e cuoio, residui di camminate quantomeno datate. La tecnologia non era di casa in quel laboratorio. Tutto sapeva di antico.

Dopo le presentazioni, Stella li invitò ad accomodarsi.

«Mettetevi pure sui cuscini» disse indicando ai pellegrini un angolo dove aveva sistemato un basso tavolino in legno con tutt'intorno morbidi cuscini che fungevano da sedie, disposti a loro volta su tanti tappeti colorati. «State comodi. Ora vi porto da mangiare e da bere. Poi parliamo del guaio» concluse ridendo.

«Che angolino delizioso ha creato!» disse Diana mettendosi a sedere sui cuscini. «Anche i sottobicchieri in cuoio!»

«Sarà,» disse scettica Giorgia «ma questo posto odora di muffa. Mi sembra di sentire la polvere che seppellisce i cuscini ridere a crepapelle pensando a quando si anniderà nei nostri vestiti».

«Be',» le si rivolse Matteo sorridendo «anche noi non è che siamo proprio dei fiori profumati».

«Giusto Matteo» ribadì Davide accomodandosi a sua volta.

«Infatti, ci ha portato in cantina» concluse acidamente Giorgia.

«Dai Giorgia, il bello del cammino deve ancora venire» le disse Fabien prendendola in giro.

Lei si sentì osservata e capì di avere esagerato con il suo pessimismo. Decise di restare zitta. Cercò di sedersi sui cuscini, ma quando provò a piegare le ginocchia sentì un male terribile e subito si tirò su. Fu lì che non rispettò l'embargo del silenzio che si era imposta. Fissò Fabien con determinazione: «Io non credo che riuscirò ad aspettare che arrivi il bello del cammino. Per me è già più che sufficiente».

Diana e Davide la guardarono. Poi si guardarono. E non dissero nulla. Sapevano che se Giorgia avesse deciso di mollare non avrebbero potuto fare finta di niente. Una promessa è una promessa. Andava mantenuta. Sarebbero dovuti tornare indietro tutti e tre. Anche se loro erano ogni giorno sempre più entusiasti.

«Eccomi qui! Mio figlio mi ha dato una mano a portare tutto giù». Stella era seguita da un ragazzo alto e biondo. Tutti e due avanzavano con un grande vassoio pieno di bibite, biscotti e piccoli panini.

«Lui è Giorgio. Si chiama come te, Giorgia, solo che lui i cammini li ama. È appena tornato dal pellegrinaggio di Assisi, da un paio di giorni».

Madre e figlio poggiarono i vassoi sul tavolino e aspettarono – pochissimo – che gli ospiti divorassero tutto.

«Come fai a sapere che non mi piace il cammino?» chiese Giorgia a Stella. Era rimasta turbata dalle parole della donna.

«Sei l'unica che non ha sorriso entrando... Che devo dirti? Si vede» rispose Stella con il suo modo schietto di esprimersi. Giorgia non replicò.

«Hai incontrato tuo marito sulla Via Francigena anche tu Stella?» le domandò Gaia.

«No, in realtà sono arrivata qui perché c'era la guerra nel mio paese. Era il 1993 e io sognavo di scappare in Italia. Io i miei sogni cerco di non farli ammuffire» commentò strizzando l'occhio al figlio. «Quando sono arrivata, ho scelto un paesino toscano perché avevo una vecchia zia che aveva viaggiato moltissimo e mi raccontava sempre della bellezza dei paesini toscani. Io dalle sue foto me ne ero innamorata, ma ero troppo povera per viaggiare. Insomma, per farla breve sono venuta qui e ho incontrato Erminio, il fratello di frate Aldo, che già allora era patito per la Via Francigena. Sposato Erminio, gran camminatore, all'inizio non volevo andare con lui, ma poi lui partiva e amen. Io ero gelosissima e un giorno mi sono vestita da pellegrina e ho provato. E mi è piaciuto! Abbiamo fatto tutto il cammino di Santiago e poi la Francigena. Dopo è arrivato questo ragazzo qui» disse stringendo il figlio con affetto «e ci siamo un po' fermati, ma giusto qualche anno per dargli il tempo di crescere. A lui è sempre piaciuto camminare e abbiamo ricominciato presto. Ecco la mia storia, cari pellegrini».

«E come sei diventata calzolaio qui in paese?» le chiese Davide.

«Ma io ero già un calzolaio. È l'unica ricchezza che mi ha lasciato mio padre. Lui mi ha insegnato il mestiere fin da bambina. Mi diceva sempre che tanto non avrei potuto studiare e quindi tanto valeva cominciare subito a guadagnarmi il pane».

«E tu cosa fai, Giorgio?» chiese Diana al figlio di Stella, che era silenzioso e timido.

«Studio ingegneria edile a Pisa».

«Forte!» si entusiasmò Giacomo.

«Ma adesso, pellegrini, ditemi chi di voi ha lo zaino rotto».

Gus si alzò e andò a recuperare il suo zaino.

«Sono io, Stella. È questo. Credi che si possa aggiustare?»

«Tu?!?» la donna era sorpresa. «Tutti avrei detto meno che te, Gus! Come mai un ragazzo così in gamba ed esperto è andato in cammino con uno zaino difettoso come questo?» e mentre parlava, esaminava la bretella che aveva ceduto.

«Già...» Gus era imbarazzato. Era difficile spiegare tutto. «Sono stato uno stupido».

«È colpa mia, in realtà» disse allora Leonardo prendendo la parola per la prima volta, o quasi, in tutta la giornata. «Sono suo padre. Abbiamo avuto dei problemi...»

Stella capì l'imbarazzo di Leonardo e Gus, e intuì che c'era qualcosa che non volevano raccontare. Allora si affrettò a smorzare la propria curiosità.

«Comunque, Gus, sei venuto nel posto giusto. Domattina avrai il tuo zaino con la bretella a posto. Non chiedere cosa farò... non lo so neppure io al momento! La mia testa quadrata troverà una soluzione per te. Ci tengo che tu prosegua bene il tuo cammino». Poi si rivolse a Gaia e Fabien: «Domattina passate per le otto».

Prima di congedarli, Stella consigliò a Giorgia: «Cara, metti ghiaccio alle ginocchia e qualche buon cerotto sulle vesciche. Tieni le scarpe non così strette domani e vedrai che il cammino ti porterà in braccio perché a lui tu piaci!».

Giorgia sorrise, suo malgrado non riusciva a guardare male Stella. Anzi, le piaceva proprio. Baciandola, pensò che sarebbe stato bello se la sua "vera madre", come la chiamava dentro di sé da un po' di tempo, fosse stata simile proprio a Stella.

Arrivati in ostello, Giorgia ricevette un sms da Vittoria.

"Allora molli? Hai deciso? Quando ci rivediamo?"

Le aveva scritto lei la mattina a colazione. Aveva detto a Vittoria che sarebbe stato il suo ultimo giorno, perché i piedi le facevano troppo male per le vesciche e le ginocchia chiedevano pietà. Ma quella sera rispose così all'amica: "Non posso mollare. Stella non me lo perdonerebbe! Provo ancora domani. Vediamo come va... Baci baci". Insieme a parecchi cuori, spedì il messaggio.

Giorgia sapeva esattamente cosa avrebbe scritto Vittoria.

"E chi è questa Stella?"

Sorrise pensando alla dolce gelosia della sua più grande amica.

"Un calzolaio. Una donna super. Mi piacerebbe che la mia vera madre fosse così".

TAPPA 3 - 24 CHILOMETRI
Lo stupore

Stella, come i maghi delle favole, aveva riparato nella notte lo zaino di Gus, mettendogli nuove bretelle in cuoio. Sembrava impossibile che potessero spezzarsi ancora.

«Aggrappatevi allo zaino di Gus tutti e dieci o quanti siete... e non cederà» aveva detto Stella sistemandolo sulle spalle del ragazzo. «E neppure lui si spezzerà» aveva poi aggiunto sottovoce salutando il padre di Gus, Leonardo. Lui le aveva sorriso e stretto forte la mano.

Come al solito Leonardo aveva dormito poco e niente quella notte. La mattina presto si era vestito ed era andato da Stella un'ora prima dell'appuntamento con gli altri. Sapeva di trovarla al lavoro.

Non si sbagliava. Avevano parlato per un po' e Leonardo con lei era riuscito a confidarsi.

«Stella, mi ricordi mia moglie» le aveva detto. «Lei era come te. Solare, forte, e aggiustava tutto, anche quello che accadeva dentro le persone». Poi era rimasto in silenzio per qualche istante. Stella non gli aveva lasciato la mano. «Io non so se ce la faccio a essere il padre che lei avrebbe voluto per Gus. Non so più niente...»

Il viso di Stella era stato accarezzato da una lacrima.

«Gus somiglia a lei. Fidati di tuo figlio, non ti chiede altro».

Quando ripresero il cammino per San Gimignano, Leonardo, per la prima volta, procedeva accanto al figlio.

«Allora, Gus, va meglio?»

«Penso sia indistruttibile» rispose Gus, pensando a Stella.

«Ma ti pesa molto?»

«Ho lasciato qualcosa da Stella... me lo ha detto lei».

«Bravo, era troppo pesante. Mi dispiace di non esserti stato per niente d'aiuto nei preparativi...»

Leonardo avrebbe voluto chiedere scusa al figlio, abbracciarlo. Gus lo sentì vicino per la prima volta dopo tanto tempo. Stella faceva bene alle persone.

«Tranquillo» disse Gus, e poi aggiunse a voce bassa: «Dai, ce la caveremo».

Le confidenze fra loro erano sempre state rare. Ma Gus sentiva che il padre gli si stava riavvicinando. Era quello di cui aveva più bisogno.

«Restiamo insieme Gus, ce la caveremo sempre insieme» riuscì a dirgli Leonardo. Poi lo lasciò andare, Gus era più veloce.

Più avanti, Viola avanzava spedita. Gus le andò accanto, la ripida salita che li aspettava sullo sterrato li fece sorridere sconsolati.

«Oh, mamma!» sbottò Viola. «Non ce la posso fare, ho ancora tutta la colazione sullo stomaco!»

«Op op! Dai, sfaticata. Vuoi che ti trascini?»

Allora Viola accelerò, punta sul vivo, lasciandolo indietro.

Gus la raggiunse e le disse: «Oggi viene tuo padre quando arriviamo a Gambassi Terme?».

«Sì!»

Viola se lo era immaginato un sacco di volte quel momento. Erano quattro mesi che non vedeva il padre. Sempre in viaggio per lavoro. Sempre occupato. Non aveva mai tempo per lei. «Un giorno finirà che sarò io a non avere più tempo per te» gli aveva detto il giorno dell'ultimatum. «O fai il cammino con me, o non ti voglio più vedere».

«E proseguirà insieme a noi?» continuò Gus.

«Sì, verrà fino a Roma, me l'ha promesso» rispose Viola con un grande sorriso.

«Ci tieni molto, vero? Si capisce...» le disse Gus. «Lo vedi così poco?»

«Non lo vedo mai, vorrai dire!» rispose Viola, che si arrabbiava sempre quando veniva toccato questo argomento. «Lui abita vicino a Gambassi Terme, la nuova moglie gestisce lì un albergo. Mio padre l'aiuta, ma ha mantenuto il suo lavoro, ha un negozio d'arte orientale a Volterra. È spesso in viaggio perché gli piace vedere e comprare lui stesso gli oggetti e le tele. E così, tempo per me gliene resta poco...»

«Mi dispiace, io... ti capisco» le disse Gus, e non aggiunse altro.

Ma Viola era curiosa. E difficilmente si teneva la curiosità.

«Perché? Anche i tuoi sono separati? Tua madre è sposata con un altro?»

Prima che Gus rispondesse, sentirono la voce di Matteo.

«Guardate! Venite qui a vedere! È incredibile. Ce ne sono a ogni passo su questo sentiero. Sono grandissime! Sono perfette. Sembrano disegnate...» Poi tacque e silenziosamente iniziò a fotografare il bosco.

Il sentiero si inoltrava nel fitto della vegetazione e qui, complici le nuvole basse e l'umidità, le tele di ragno apparivano nitidamente sugli alberi, sulle piante, sui fiori. Stavano sospese come piccole amache. Erano ovunque. Alcune erano enormi, andavano da un ramo all'altro. Da un fiore all'altro. Le tele, come ricami dalle geometrie perfette, trattenevano goccioline di rugiada che donavano loro una luce lunare biancastra. Le trame intessute nel vuoto brillavano in mezzo agli alberi come le stelle quando il cielo è buio.

«Non ho mai visto ragnatele così belle!» esclamò Diana.

«Ce ne sono ovunque!» aggiunse Renato con lo stesso entusiasmo di Matteo.

«Di solito siamo abituati a non vederle, si mimetizzano. È come se nelle case capissero che corrono un pericolo, ma qui sono al sicuro. Siamo noi gli intrusi» disse Fabien.

«Però non te le stacchi di dosso! Uffa!» sbuffò Giorgia cercando di divincolarsi dai fili di una ragnatela: erano lunghissimi e non si spezzavano mai, ogni tentativo di liberarsene falliva.

«Giorgia, non ti stupirai allora se ti dico che gli scienziati stanno tentando di ricreare in laboratorio, finora senza successo, il filo delle ragnatele» disse Gaia ridendo delle facce buffe di Giorgia che stava ancora tentando di liberarsi. «Quel filo di seta è considerato un miracolo della natura perché, pur così sottile, è resistente come l'acciaio».

«Be', meno male allora. Cominciavo a sentirmi un po' imbranata».

La madre, Diana, le tolse i fili dallo zaino e dai capelli. Ma Giorgia si arrabbiò quando Matteo cercò di far loro una foto.

«Non mettermi su Facebook, Matteo. Non mi va».

«Ma perché?!? Ci sei anche tu, no?» le disse Matteo con un sorriso grande grande.

«Sì, ma non posto foto del cavolo» replicò lei seccamente.

Quella risposta acida restò sospesa come le tele dei ragni. Il silenzio che seguì fra tutti i pellegrini somigliava al silenzio rassegnato della preda che restava invischiata nella tela che il minuscolo tessitore aveva pazientemente preparato. A romperlo fu Fabien.

«Eppure io so che Giorgia finirà il cammino e sarà la più grata pellegrina della Francigena. Qualcuno scommette con me?» disse facendo l'occhiolino a Giorgia. Lei taceva. Si era resa conto di avere esagerato, ma le scuse per Matteo non le uscivano dalla gola. Come le tante cose che si teneva dentro perché non riusciva a tirarle fuori, negli ultimi tempi.

«Scommetto io con te, Fabien» intervenne Giacomo, che non sopportava che Giorgia maltrattasse il fratello. Solo a lui era permesso. «Secondo me Giorgia fra un paio di giorni, al massimo, ci saluta. Se perdo, ti regalo il mio strafico coltellino svizzero che ti piace tanto».

«Ok, Giacomo. È già mio!» gli rispose Fabien dandogli il cinque. «Se invece perdo io, ti regalo la maglietta tecnica che ammiravi ieri sera. Strafica anche quella, no?»

«Altroché!» disse Giacomo entusiasta. Il disgelo era arrivato e tutti ricominciarono a parlare e a guardare lo spettacolo naturale in cui erano immersi.

Davide si avvicinò a Giorgia. «E tu che dici? Resisterai?» le chiese con dolcezza. Non voleva prenderla in giro.

«Non lo so» rispose lei, sforzandosi di non essere sgarbata, almeno con il padre. Anche se non le andava per niente di parlare. «Sto cercando di mettercela tutta. Ma io con la natura non ho tutta questa confidenza. Le ragnatele mi danno fastidio. Le formiche le odio. E non ci trovo niente di bello a dormire ogni sera su un materasso dove hanno dormito migliaia di persone che non ho mai conosciuto. Non ci trovo niente di poetico a sudare, avere i piedi che mi fanno male, le vesciche gonfie e i capelli sempre sporchi. Dove sta la poesia, me lo dici?»

Il padre rise. «È nella tua resistenza a questa tortura, Gio'. Dico davvero. Non ti prendo in giro» continuò guardando la sua faccia stizzita. «È notevole la tua resistenza di fronte a quello che incontri. Lo so che non sono le tue condizioni ideali. Per questo ti ammiro. E ti sono grato perché ce la stai mettendo tutta anche per me e tua madre, lo so, anche se non lo ammetti».

«Già» rispose lei. Non aggiunse altro.

«E lo zaino come va?»

«È pesante» disse, acida come al solito. Poi si riprese: «Ma meno dell'inizio. Avevo esagerato, adesso va meglio».

«E anche senza trucco mi sembra che tu riscuota successo. Matteo non si dà pace per come lo tratti».

«Sì sì, lo so. Mi sto comportando male con lui. Gli devo chiedere scusa».

«Vedi? Questa è la poesia del cammino, per te. Ognuno di noi trova la sua, di poesia, in cammino. Per te è ripensare a quello che fai e dici. Il cammino mitiga la tua impulsività. Te ne sei accorta?»

«Veramente no. E nemmeno gli altri, secondo me» disse Giorgia, critica con se stessa. «E la tua, qual è? Stai ripensando a come ti sei comportato con la mamma?»

«Tu lo sai...» Davide abbassò lo sguardo.

«Certo che lo so. Vi sento litigare». Dopo un breve silenzio Giorgia gli chiese: «Te ne andrai con l'altra?». Lo disse con un filo di voce. Si stupì lei stessa di aver affrontato l'argomento. Pensò che non lo avrebbe mai fatto in condizioni normali, a casa.

«Non c'è più nessun'altra, Gio'» rispose l'uomo in modo asciutto, come a voler recidere un ramo secco. «Ma non so se tua madre mi perdonerà». E aggiunse: «Ho paura».

Giorgia non disse nulla. Per un lungo tratto camminarono insieme senza parlare. Eppure Giorgia sentiva il respiro del padre e aveva dentro la gola un groppo di pianto.

«Si vede che dove ci sono io avanza solo il deserto» sussurrò a un tratto.

«No Gio', non dire questo. Tu non hai colpa di niente. Sei la nostra stella, ricordi quello che ti dicevamo da piccola? Abitavamo in un bellissimo cielo, io e tua madre, ma senza stelle. Fino a che sei arrivata tu, la nostra stella che ha illuminato il cielo».

Giorgia fece una smorfia.

«E chissà in quale cielo avevo vissuto prima. Forse non lo saprò mai» disse con amarezza.

«È tanto importante per te, vero? Non lo avevamo capito fino in fondo, io e tua madre. Stiamo di nuovo comunicando in questi giorni. Ieri sera, quando siamo andati a passeggiare dopo cena, abbiamo parlato di quanto sia importante per te sapere...»

Prima che Giorgia potesse ribattere si affiancò Gaia.

«Posso chiedervi un consiglio?» chiese con aria preoccupata. «Vi ho visti qui, padre e figlia...»

«Che succede, Gaia?» le domandò Davide serio.

«Ho un problema con Viola» rispose la giovane guida. E continuò: «Mi ha appena telefonato il padre. Non so se lo sapete, ma il padre di Viola ci aspetta a Gambassi Terme. Il piano era che poi da lì avrebbe continuato con noi. Viola ci tiene tanto. Non lo vede quasi mai perché lui ha un'altra famiglia. E a lei manca molto. Per farla breve, il padre, Vittorio, che per una beffa del destino di cognome fa Assenza, mi ha appena detto che non continuerà il viaggio. Deve andare non so bene in quale parte del mondo per lavoro e non può rinunciare. Così dice lui».

«Che stronzo» disse impulsivamente Giorgia pensando alla delusione di Viola. Aveva parlato anche con lei dell'arrivo del padre. Era entusiasta.

«Giorgia...» la rimproverò Davide «abbiamo appena detto che il cammino mitiga l'impulsività del carattere».

«Però, in effetti ha ragione» disse Gaia. «Anch'io ho pensato la stessa cosa appena Vittorio me lo ha detto. Lo conosco da quindici anni. È sempre stato così».

«Ma ora che si aspetta quest'uomo?» le chiese Davide. «A parte la delusione di Viola, secondo lui dovrebbe tornare indietro anche lei?»

«No, ha detto che può restare con me» rispose Gaia. «È sotto la mia responsabilità anche ora. Ma non è questo che mi preoccupa».

«È che non sai come dirglielo».

«Esattamente, Davide. Anzi, vorrei non dirglielo, ve lo confesso».

«Vuoi che ci parli io, Gaia?» disse Giorgia d'istinto.

Gaia le sorrise con gratitudine. «Mi piacerebbe, sei molto cara. Ma devo farlo io. Però, dopo, le puoi stare vicina... ne avrà bisogno. Lei ci teneva al punto che aveva detto al padre che se non fosse venuto non avrebbe più voluto vederlo. Lui neppure se lo ricorda... Lo ucciderei!» Poi cambiò tono. «Per favore, Giorgia, stalle vicina».

Gaia andò verso Viola. La prese da parte e rimase indietro con lei. A un certo punto Giorgia e Davide sentirono il «Nooo!» disperato di Viola. Poi più niente.

Viola piangeva silenziosamente. Aveva voluto restare da sola. Non voleva nessuno.

Tutti avevano capito.

Fu Gus ad avvicinarsi a lei.

«Non viene più. Non ha avuto nemmeno il coraggio di dirlo a me. Ha telefonato a Gaia. Lo odio».

«Hai ragione, Viola. Non c'è niente da dire. So come ti senti».

«Davvero? E perché? Chi ti ha tradito così? Tua madre?» gli chiese lei.

«No, mia madre non avrebbe mai fatto una cosa così brutta».

«E allora? Come fai a dire che mi capisci?»

«Conosco la tua sofferenza. Mia madre è morta da meno di un anno».

Viola non parlava più. Era come se uno di quegli alberi che si lasciavano dietro camminando le fosse caduto addosso.

«Gus, perdonami. Io... sono così stupida... Non avevo capito».

«Non potevi sapere. Ma adesso sai che so come ti senti».

Viola gli si avvicinò e gli prese la mano. Gus strinse la mano di Viola e continuarono a camminare così fino a Gambassi Terme. In silenzio.

Vittorio Assenza li aspettava alla casa-rifugio dove avrebbero dormito quella notte i pellegrini. Salutò tutti e abbracciò Gaia, che fu fredda con lui.

Viola stava arrivando con Gus, erano rimasti più indietro perché lei aveva paura di rivedere il padre. Non sapeva come avrebbe reagito. Quando Vittorio la vide, le andò incontro e Gus si allontanò. Avrebbe voluto dare un pugno a quell'uomo sudaticcio, in giacca e cravatta, con la pancia in fuori e gli occhiali da sole.

Viola schivò l'abbraccio di suo padre e quando questo cominciò con la tiritera che la ragazza conosceva a memoria «Appena torno vengo e ti porto in vacanza. Andremo dove vuoi tu, te lo prometto, Viola» lei non ce la fece a fare finta di niente e gli urlò malamente di andarsene. Quel «Vattene!» urlato con gli occhi di fuori e la rabbia non più trattenuta, bastò a far capire all'uomo che avrebbe fatto meglio a tacere. E a obbedire. In fondo non voleva altro che togliersi di mezzo.

Appena in macchina agguantò il cellulare e cominciò a telefonare. Per lui non era successo niente.

Gus aspettò che Viola arrivasse alla porta del rifugio. Le sorrise. Lei ricambiò a fatica, ma grata.

«Gaia ha detto che ti aspetta nella stanza con le finestre verdi. Noi uomini siamo in quella con le finestre azzurre. Ci va di lusso, ci sono due bagni a piano. Ci vediamo a cena Viola?»

«Sì, certo Gus» disse lei entrando.

In quel momento qualcuno chiamò forte il suo nome.
Viola si voltò e vide una ragazza correre verso di lei agitando le mani in segno di saluto. Sembrava che dovesse dire addio a qualcuno che partiva su una nave di migranti, di quelle che andavano dall'altra parte del mondo.
«La conosci? Ma come si agita?» disse Gus divertito da quella immagine buffa.
«Credo di conoscerla, sì» rispose Viola sorpresa. «È un altro pezzo degli Assenza. Sarebbe mia sorella. Anzi, la mia cara sorellastra, detta Raffi».

TAPPA 4 - 28 CHILOMETRI
Alleanze

«Buongiorno a tutti! Mi chiamo Raffaella, ma mi chiamano Raffi. Sono la sorella di Viola, in realtà la sorellastra, da parte di padre, che avete avuto l'onore, si fa per dire, di conoscere. Ho chiesto alle guide e a Viola se posso unirmi a voi per un piccolo pezzo di cammino. Se non vi dispiace, sarò dei vostri per un paio di giorni...»

Aveva esordito così Raffi, entrando la mattina presto nella sala della colazione.

«Benvenuta, Raffi!» disse prontamente Alice.

«Benvenuta e buon cammino» le fece eco Renato.

Tutti la salutarono con un sorriso accogliente, poi guardarono Viola, si aspettavano che sorridesse, ma lei era cupa e infelice, esattamente come la sera prima.

Gus arrivò tardi a colazione, ma capì al volo la situazione. Notò subito che la presenza della sorellastra non era una buona notizia per Viola.

Quando iniziarono a camminare, Gus si affiancò subito a Viola. «Se non ti va di stare in compagnia...» le disse timidamente.

«La tua compagnia mi fa bene, invece. Resta» gli rispose lei accennando un sorriso.

«Sembra simpatica la tua sorellastra» aggiunse Gus.

«Deve essere così. Io non la conosco. Figurati che l'ultima volta che l'ho vista avevo otto anni. E non la ricordo come una bella giornata».

«Lei è più grande di te, giusto?»

«Sì, ha diciannove anni, quasi venti, se non sbaglio. Fra me e lei ci sono quattro anni di differenza».

«Sì, mi ricordo...» disse Gus ripensando alla complicata spiegazione di Viola. «Sembra davvero un film, la tua storia!»

«Magari!» rispose lei. «Comunque, un giorno, avevo otto anni, mio padre mi portò a conoscere Raffaella. 'Ho una sorpresa per te, mi disse come niente fosse, ti presenterò tua sorella. Devi volerle bene come gliene voglio io'. Figurati! L'ho odiata subito. Io ero gelosa anche di mia madre quando stava con mio padre, lo adoravo. E lui a un tratto mi dice che lo devo dividere con una sconosciuta, arrivata prima di me, oltretutto! Non ha mai capito niente di donne, mio padre. Fatto sta che Raffaella aveva dodici anni. Era piccolissima – non che sia cresciuta molto, in effetti – ma piuttosto sveglia, come adesso. Lei mi sorrideva e faceva la gentile con me. Ma io non ci cascavo e la trattavo malissimo. Una sera mi prese da parte e mi disse che voleva raccontarmi un segreto. E sai qual era?»

«Certo che lo voglio sapere» disse Gus. «Ormai mi sono appassionato alla trama».

«Raffaella mi disse che non dovevo dirlo a nessuno, perché tutti ne avrebbero sofferto. Sarebbe stato un nostro segreto, fra "quasi sorelle" mi disse. Viola tu devi sapere la verità, era tutta infervorata, ormai sei abbastanza grande da capire che papà, tua madre e anch'io e mia madre Orsina, nonostante tutto, ti vogliamo bene». Viola aspettò la reazione di Gus, che non tardò.

«Nonostante cosa?»

«Mi raccontò che ero stata adottata, i miei veri genitori mi avevano lasciata dentro un cesto sugli scalini di una chiesa.

Mi aveva trovato mio padre e mi aveva portato a casa da mia madre. Poi papà aveva deciso di adottarmi perché gli facevo pena. Ecco cosa mi disse, per il mio bene, la mia cara sorella».

«Ma non era vero!» le disse Gus esterrefatto.

«Certo che no. Ma io sono stata un mese a piangere, fino a che l'ho detto a mia madre e lei mi ha portato dall'ostetrica che mi aveva vista nascere dalla sua pancia per darmi la prova. Perché io ero certa che Raffi avesse ragione, e che lo avesse detto per il mio bene. Così cresci e non credi più alle favole, mi aveva detto dall'alto dei suoi dodici anni».

«Allora è una stronza, altro che simpaticona!» Giacomo era apparso improvvisamente alle loro spalle.

Viola e Gus lo guardarono come, forse, avrebbero guardato Raffi, che stava allegramente chiacchierando con Alice e Diana.

«Ops! Scusate... Scusa Viola, davvero. Ma ero qui da un po' e pensavo che mi aveste visto...»

«No!» disse Viola offesa dall'intrusione non voluta.

«Gus, tu mi avevi visto, vero?»

«Sì, ma eri lontano! Non immaginavo che ascoltassi».

Giacomo si rese conto solo allora di essere stato invadente. Ogni tanto gli capitava di non capirlo.

«Vi lascio in pace, allora. Scusa Viola, scusami davvero».

Se ne andò allungando il passo, però Viola lo richiamò.

«Vieni qui, Giacomo. Ti perdono. Dai che non è finita, non vuoi sapere il resto della storia?»

Giacomo si fermò e li aspettò. Un sorriso enorme apparve sul viso largo del ragazzo. Gli occhi verdi guardarono Viola pieni di gratitudine.

«Perché, cosa manca? Che altro ti ha raccontato quella?» disse sottovoce quando Viola e Gus lo raggiunsero.

«Lei niente, ma mio padre, manco a dirlo, ne combinò un'altra delle sue. Quando seppe cosa mi aveva raccontato

Raffaella, mi prese da parte e mi disse: Viola, tua sorella sta molto male per quello che ti ha detto. Ha bisogno di te. Fallo per me, vai da lei e consolala».

Viola non aggiunse altro. Aspettò i commenti degli amici.

Giacomo era furioso. «Ma tu come fai a essere normale con un padre così?!»

«Ha ragione. Tu non te lo meriti un padre così» disse asciutto Gus. «Mi dispiace».

«Nessuno si merita un padre così» ribadì Giacomo. «Se fosse qui, glielo direi».

«Grazie, ragazzi. Però forse una possibilità dovrei dargliela, che dite?»

«A chi? A tuo padre? Anche no!» rispose istintivamente Giacomo.

«Sono d'accordo con Giacomo» assentì Gus rivolto a Viola.

«No, veramente intendevo a Raffaella, o Raffi, insomma. Non so che fare con lei. Non so come trattarla, è mia sorella in fondo, ma è pure un'estranea per me... uffi».

«Senti, Viola,» le disse Gus «è stata lei che è voluta venire con noi. Aspetta la sua mossa».

«Giusto, aspetta che ti parli lei. Magari è cambiata, magari vuole riscattarsi. Uno cambia... io sono già cambiato rispetto a una settimana fa che schifavo il cammino» intervenne Giacomo. «Gus mi ha fatto capire un sacco di cose in pochi giorni...» aggiunse guardando con gratitudine l'amico.

Gus diventò rosso come un pomodoro. Stavolta era toccato a lui.

«Ma quali cose hai capito... falla finita, Giacomo» si schermì.

«No no» disse Viola sorridendo a Giacomo per la prima volta. «Ha perfettamente ragione lui. Tu sei un po' speciale, sai Gus? Sembri più grande, non so, dici sempre le cose giuste. Io mi affiderei a te a occhi chiusi...»

«E faresti male» la troncò Gus. «Comunque basta parlare di me. Allora, cosa hai deciso con Raffi?»

«Aspetto che faccia le sue mosse. Mi ha consigliato la stessa cosa Giorgia a colazione stamattina. È come a scacchi. Mi diverto perché mi sento al sicuro. Tutti sono con me! E allora aspetto. Anzi ragazzi, lasciatemi sola, vediamo se si avvicina. Che ne dite?»

Giacomo le mostrò il pollice in segno di ok. «Giusto!»

Gus le fece l'occhiolino e allungò il passo, seguendo Giacomo. «Se hai bisogno...» le disse infine girandosi un'ultima volta.

Non appena Viola restò sola, Raffi non perse tempo.

«Sorellina, sei una scheggia, tu!» Aveva una voce bassa e rauca, Raffaella. A dispetto della leggerezza che era innata in lei, la sua voce era di acciaio pesante. Viola la ricordava così fin dai dodici anni. «Hai un passo da bolide. Altro che 4 chilometri l'ora... Come sta andando questo cammino? Mi sembra bene, no? La compagnia è piacevole, Gaia e Fabien sono carinissimi... cos'altro?» Si vedeva che era imbarazzata, parlava veloce e gesticolava, non guardava mai Viola. A un certo punto si fermò e aspettò che la sorella emettesse la sentenza.

«Mmh mmh» mugugnò Viola. «Sì, è un bel gruppo» continuò poi più conciliante. «Certo, sarebbe andata meglio se papà avesse mantenuto la promessa».

Un lungo tratto di saliscendi le attendeva. Ai lati del sentiero c'erano querce centenarie i cui rami possenti sembravano braccia accoglienti che pullulavano di uccelli. Le querce le accompagnarono nel percorso regalando loro un po' di ombra e proteggendole dal calore del sole. La giornata era afosa e il cammino in salita era duro.

Raffaella abbandonò la leggerezza con cui aveva rotto il

ghiaccio e disse seria: «È sempre stato così. Con te, con me. Anche con mia madre, e sarà stato uguale con la tua. Sempre bugie e rimandi. Non è cattivo, ma così è peggio. Perché a ogni promessa che non manteneva, nessuna di noi è mai riuscita a odiarlo veramente. Nemmeno mia madre. Perché lui non fa nulla con cattiveria. È così. Non riesce a essere normale. Viola, vorrei dirti di non prendertela, di andare oltre, ma lo so che è facile a dirsi... Io l'ho fatto, però» disse poi cambiando tono. «Sei mesi fa me ne sono andata di casa. Non lo sapevi, vero?»

«Andata via? E dove?»

«Faccio teatro, studio e lavoro allo stesso tempo. Mi sono ritagliata un posticino in una piccola compagnia girovaga. In estate imparo e faccio la vita della nomade, e intanto mi guadagno da vivere, così durante l'inverno mi pago una stanza a Ferrara e studio lì. Ogni tanto parto per delle tournée, anche all'estero, e quando torno, studio e cerco di dare più esami che posso. Non sarà così per sempre. Ho dei progetti. Sto imparando bene l'inglese nel frattempo, mi piacerebbe fare teatro in Irlanda, voglio vivere lì. Prima o poi parto. Ma voglio finire gli studi. Intanto, con le persone della compagnia sto bene. Quest'estate siamo in tournée nei festival di strada, qui, poi in Francia, poi in Turchia, e forse anche in Norvegia! Se davo retta a papà e mamma sarei dovuta diventare come loro... Volevano farmi restare in hotel a fare esperienza. Sono pazzi!»

Viola non se l'aspettava così la sorella.

«E come sei arrivata qui, sulla Francigena?»

«Papà è venuto a cercarmi. Un po' perché spera sempre di riportarmi a casa. E un po' perché è vigliacco. Sapeva che avrebbe dovuto dirti che non sarebbe più venuto con te in cammino e ha chiesto a me di dirtelo...»

«Stai dicendo sul serio?» chiese Viola, memore delle bugie che le aveva raccontato Raffi qualche anno addietro.

E lei lo capì: «Lo so che fai fatica a credermi dopo quella volta... Non ti ho ancora chiesto perdono. Ero gelosa di te. Eri bella. Eri beneducata. Eri la figlia che papà aveva visto nascere... Ti odiavo, Viola. E non volevo altro che farti del male. Perdonami, quella volta te la feci proprio grossa... Ma avevo dodici anni...».

«E io ne avevo solo otto» ribadì Viola pensando alla sofferenza che le aveva causato quella menzogna. Ma poi si rese conto che Raffi stavolta era sincera e le disse: «Ti perdono, certo che ti perdono. Quanto resterai con noi?».

«Mi aspettano a Monteriggioni, c'è un bel festival del teatro di strada e reciteremo lì dopodomani sera. Mi fermo con loro. Staremo insieme oggi e domani» concluse.

Ma non smetteva facilmente di parlare Raffi. Riprese subito: «Godiamoci questi giorni insieme, che ne dici Viola? Mi piace camminare nella natura e stare con persone che sanno rimanere in silenzio mentre l'attraversano...».

«Allora facciamolo, questo silenzio!» le disse ridendo Viola, considerando che la sorella non si era mai zittita nel breve percorso che avevano fatto insieme.

«Lo so, io non ci riesco mai! Ma ora taccio, almeno per un po'! Buon cammino, sorella».

«Buon cammino a te, sorella» rispose Viola. A un tratto si sentiva più serena: parlare con Raffi le aveva tolto un peso o, almeno, lo aveva alleggerito.

Diede un'occhiata all'orologio e calcolò che mancavano ancora 6 chilometri all'arrivo. Ma lei non era per niente stanca.

Gus si avvicinò a Viola appena vide che Raffi era rimasta indietro: «Tutto a posto?».

Viola era felice di vederlo. Le si leggeva in faccia.

«Davvero ti interessa sapere se sto bene?» gli chiese con un sorrisone da bimba felice.

«Direi proprio di sì» rispose Gus abbassando lo sguardo, imbarazzato.

Cominciarono a camminare in silenzio. I saliscendi erano finiti. Il sentiero in quel tratto affiancava un paesino con poche case. Dietro ai cancelli si intravedevano giardini curati e pieni di rose, margherite, gelsomini. Il profumo dei fiori li accompagnava per lunghi tratti e ogni tanto qualcuno del gruppo si fermava a guardare dentro i giardini, feudi di armonia. Solo l'abbaiare dei cani consigliava a volte di tenersi alla larga dalla curiosità. Era primo pomeriggio e il paesino sembrava deserto, forse gli abitanti riposavano o forse erano ancora fuori al lavoro. Nel dubbio, sembrava un peccato rompere il silenzio con le chiacchiere. Ma poi videro Giacomo che stava per arrivare. Addio silenzio.

«Insomma, adesso ti è simpatica?» domandò Giacomo curioso.

«Sì...» rispose Viola pensierosa. Era ancora immersa nel profumo dei gelsomini bianchi che ornavano lunghe recinzioni in ferro.

«Allora è simpatica anche a noi, vero Gus?»

«Finché non inventa altro sul conto di Viola...» disse con tono minaccioso Gus. E lei sgranò gli occhi gustandosi tutto il piacere di scoprire che Gus, giorno dopo giorno, dimostrava di tenere sempre di più a lei.

«Chi è che inventa cose sul tuo conto?» Era Matteo. Adesso c'erano proprio tutti. A parte Giorgia, che si stava intrattenendo proprio con Raffi.

«Non strillare, accidenti a te!» lo sgridò Giacomo. «Non dovevi metterti la GoPro oggi?»

«Domani, oggi non mi andava» rispose Matteo. «E poi mi sono rotto, non succede mai niente in cammino...»

«Be', dipende...» rispose Gus. «Io ne ho avute abbastanza di sorprese per oggi. Un po' di pace non guasterebbe».

«Gus,» intervenne Matteo «ma che te ne fai della pace tu, a sedici anni?».

«Per esempio, si risparmia i cretini come te. A me, invece, toccano comunque vada» lo investì il fratello.

«Oh, ragazzi, fatela finita, dai!» disse Viola bloccando Matteo che stava per rispondere a Giacomo. «Stasera andremo al cinema all'aperto, ve lo ha detto Fabien? Chi vuole andarci? Danno *Wild*, io l'ho visto e da lì ho deciso definitivamente che avrei fatto la pellegrina».

«Tutti pazzi per il cammino, giusto?» disse Matteo sarcastico.

«Ma sai che fino a ieri avrei detto che ti stava piacendo?» gli disse Viola cercando di indagare perché a un tratto Matteo sembrava così negativo.

«Ma sì sì... Le ragnatele, Stella, i boschi... Però oggi è stato tutto sotto il sole, fa un caldo assurdo! Una tappa monotona che non finisce mai».

«Monotona...? A me sembra il contrario, veramente. Magari sei tu che hai la luna storta oggi, capita no? Comunque il film merita» disse Viola spostando l'attenzione su Gus. «Tu ci verrai?»

«Penso proprio di sì».

«E tu verrai, Giacomo?» chiese ancora Viola.

«Ma sì, dai. Da come ne parli penso che resisterò a occhi aperti per tutto il film e i titoli di coda. Ce la posso fare, anche dopo tutti i chilometri di oggi e la schiena che urla vendetta!»

«Io non lo so se mi andrà di venire. Però ho un'idea per una di queste sere. Ci state, raga?» Matteo non vedeva l'ora di condividere il suo piano.

«Magari prima illustri il pensiero...? Se non è chiedere troppo...» I due fratelli sarebbero andati avanti così per ore.

«Giusto» rispose Matteo ignorando l'ironia di Giacomo. «Chiediamo a Fabien se possiamo dormire in tenda, sotto le stelle? Solo noi ragazzi. Ci saranno sicuramente dei campeggi per i pellegrini e, se ci sono, Fabien li conosce» concluse.

«Fantastica idea, fratello, mi stupisci! Ma la banda del Pleistocene non avrà niente in contrario?»

«E perché dovrebbero? Mica abbiamo dieci anni» rispose Matteo sicuro di sé. «Allora, chi ci sta?»

«Accettate anche le donne? Sono una scout, potrei esservi utile!» si prenotò Viola.

«Certo! Poi lo diciamo anche a Giorgia» rispose Matteo guardando indietro. Giorgia stava ancora parlottando con Raffi.

«Glielo dirò io. Verrà sicuramente, garantisco per lei. Adesso andiamo da Fabien. Poi penseremo ai genitori. Mi piace! Yuppi!!! Viva Mat!!!» Viola all'idea di dormire sotto le stelle, in una piccola tenda nel bosco, era felicissima.

«Gus, senza di te però non ci vado. Tu vieni, vero?» chiese Giacomo.

«Bello, certo, ci sto anch'io» disse Gus dando il cinque a Matteo e poi a Giacomo.

«Mitico, Gus!» Giacomo era felice e cominciò a fare programmi per la serata con l'amico.

Matteo li interruppe: «Ehi, Fabien è solo, raga, ha ragione Viola! Andiamo subito a dirgli se ci appoggia, dai...».

Puntarono tutti e quattro su Fabien. Il francese stava armeggiando con le mappe.

«Ci siamo persi?» chiese Matteo scherzando.

«Vieni qui, spadaccino» gli rispose subito Fabien porgendogli la mappa che aveva in mano. «Studiala e dimmi se ti orienti. Da domani tocca a voi! Ne parlavo prima con Gaia» e qui si rivolse anche agli altri. «Domani facciamo una breve *lesson* su come si legge una mappa, scoprirete quanto sia utile sapersi orientare anche senza l'aiuto della tecnologia. Che ne dite?»

Viola sbuffò. «Fabien, io sono una frana... In tanti anni di scoutismo continuo a essere una pessima guida. Sbaglierete strada con me».

«Vorrei che lo faceste tutti, Viola. È importante provare» disse Fabien con convinzione.

«Ma perché? Cosa cambia?» Viola era scettica.

«Se dopo aver imparato a leggere una mappa deciderai di farti guidare, saranno affari tuoi. Ma sarà una tua decisione, appunto. Adesso non lo è, perché non sei in grado di fare da sola e dipendere da altre persone per te è una necessità. Ragazzi, sono stato chiaro?»

«Io mi fido di quelli che sanno leggere le mappe perché io sono davvero negata!» insisté Viola sconsolata.

«Be', allora ti farà doppiamente bene sapere che puoi fare da sola. Il senso è questo» le disse Fabien dandole una pacca sullo zaino.

Matteo colse al volo l'opportunità: «A proposito di cavarcela da soli...».

«Dimmi, Mat» lo esortò Fabien, poi però a un tratto si fermò e si guardò intorno: «Alt! Scusate, ragazzi, ho un appuntamento importante». E così dicendo, abbandonò il sentiero.

Affrettò il passo e si diresse verso un piccolo dirupo dove stava in equilibrio un'immensa quercia. Fabien, con un balzo sulla scarpata, si avvicinò all'albero e i ragazzi lo videro accarezzare la quercia e sorriderle, come fosse un vecchio amico. Non si stupirono più di tanto, però non riuscivano a capire cosa volesse fare.

Dal terreno spuntavano le forti radici della quercia, che proseguivano per qualche metro fino ad abbracciare quelle di un'altra, più piccola, dal tronco tozzo e largo, ma con radici ugualmente forti. Le radici, intrecciate insieme, avevano creato un riparo a metà strada fra i due tronchi. Fabien si accucciò vicino alla nicchia e ne tirò fuori una scatola di plastica. L'aprì. All'interno c'erano cinque libri. A quel punto si girò verso i ragazzi, che lo avevano raggiunto incuriositi: «Qualcuno di voi ha letto *Marcovaldo*?».

«Io sì!» rispose Giacomo.

«Anch'io» gli fece eco Viola.

«Io no» disse Gus.

«Allora è tuo» e Fabien gli lanciò il libro. «Ne metterò io uno per te».

«Ehi, qui si fa *bookcrossing*! Fantastico!» Era arrivata Raffaella insieme a Giorgia.

Raffi chiamò i pellegrini. Il gruppo dei genitori, che era rimasto indietro, raggiunse Fabien. Tutti videro i due magnifici alberi, e gli occhi andarono subito alle radici che uscivano prepotentemente dal terreno e si incontravano intrecciandosi.

«La natura fa prodigi» disse ammirata Diana.

Accanto alla piccola nicchia naturale c'era una tavola di legno corta e scura. Sopra c'era scritto: "Fermati, pellegrino! Qui si scambiano doni speciali: libri".

«Questo lo abbiamo scritto io e Gaia» spiegò Fabien. «Con un pennellino e della vernice nera. Chissà se Adrian...»

In quel momento emerse Gaia dal sentiero. Reggeva un pacco avvolto alla buona con carta di giornale. Sopra c'era scritto: "Per Gaia e Fabien, da Adrian".

«Eccola, Fabien! Adrian ha mantenuto la promessa!»

Quando Gaia arrivò vicino al gruppetto di pellegrini, alzò il pacco verso l'alto. «Non l'ho aperto, così vediamo tutti insieme. Siete pronti?»

«Per che cosa?» chiese Matteo.

«Lo vedrai» gli rispose Gaia, aprendo l'involucro lentamente. Alla fine mostrò la sorpresa. Una tavola intagliata che rappresentava un libro aperto, sul quale era inciso: "Scambia un libro in cammino, vale come un sorriso!". E poi, in basso, un piccolo viandante scolpito nel legno: il logo della Via Francigena.

«Meravigliosa!» commentò Raffaella entusiasta.

«Ma chi l'ha intagliata?» chiese Leonardo, il padre di Gus.

«Un pastore» rispose Gaia, mentre ammirava la tavola. Poi la porse a Fabien e lui la incastrò con cura accanto alla nicchia in modo che fosse visibile e ferma.

La tavola scritta con la vernice da Fabien e Gaia venne rimossa. Fabien andò a posizionarla accanto al cartello segnaletico della Via Francigena, in modo che tutti capissero che in quella direzione avrebbero trovato il *bookcrossing*.

«Dai, svelateci tutto! Chi è l'artista pastore?» chiese Renato.

«Adrian lo abbiamo incontrato qualche mese fa su questo sentiero» disse Gaia. «Abbiamo fatto amicizia e ci ha raccontato la sua storia. Viene dall'Albania. Vive in queste zone otto mesi l'anno e poi d'inverno torna dalla sua famiglia. Al suo paese costruiva cornici e mobili in legno, aveva una piccola bottega, ma a un certo punto ha dovuto chiudere per la crisi economica. Poi è venuto in Italia e, dopo tanti lavoretti qui e là, ha imparato a fare il pastore. Ma ancora lavora il legno, gli è rimasto nel sangue. Adrian è davvero un artista. In Toscana gli chiedevano solo di fare il pastore e allora si è adattato, riesce sempre a trovare lavoro in questo settore ed è sicuro di poter inviare soldi alla famiglia. E comunque, ci ha detto che gli piace stare in mezzo alla natura, anche perché può continuare a intagliare il legno, che qui non manca. Quando gli abbiamo fatto vedere questa nicchia fra le querce dicendogli che volevamo costruirci una tana per i libri in prestito, si è offerto di intagliarci la tavola. Non ha voluto un centesimo. Ci ha promesso che l'avrebbe lasciata dentro la piccola cappella che si trova più avanti, e così ha fatto. Non è bellissima?»

«Lo è davvero!» disse Alice. «E dire che ho cercato invano un bravo falegname per costruire una credenza nella mia cucina... Ma come funziona lo scambio di libri?»

«Chi passa li condivide».

«Bellissimo, ragazzi! Anche l'idea della condivisione di libri, nel cammino, mi piace!» commentò Diana voltandosi a cercare la figlia. Giorgia era lì vicino. «Hai visto che meraviglia?»

«Mmm mmh. Bella sì. E che libri leggono di solito i pellegrini?» chiese la ragazza con il suo solito tono scettico.

«Guarda, ne ho uno perfetto per te!» le rispose Fabien. «Posso farti questo regalo?» e le porse il libro con un sorriso. Giorgia lo ringraziò freddamente.

«*Il buio oltre la siepe* di Harper Lee. Non l'ho mai sentito» disse Giorgia.

«Però vale la pena leggerlo, secondo me lo apprezzerai. Ma se non ti dovesse piacere, lascialo, questo è sacrosanto nella lettura. Qualcun altro lo leggerà» concluse Fabien.

Giorgia non aprì il libro, guardò ancora il titolo e disse pensierosa: «Va bene, lo inizio stasera e domani ti dico se mi piace, altrimenti te lo restituisco».

Quando si rimisero in cammino, Matteo parlò a Fabien del suo progetto di dormire sotto le stelle.

Fabien fu subito d'accordo. «È un'esperienza che io e Gaia abbiamo fatto tante volte in cammino. Ne vale la pena. Si può fare tranquillamente, ci sono dei piccoli punti di appoggio qui in Francigena, non sono proprio dei campeggi ma offrono la tenda. Però dobbiamo capire bene dove e quando. Vedrò di studiare il percorso e di trovare un luogo adatto, ok? E i genitori che dicono?»

«Non lo sanno ancora! Glielo diremo appena avrai trovato il posto giusto» gli disse Viola che non vedeva l'ora di iniziare la nuova avventura.

Fabien rise. «Ok ragazzi, contateci».

«Raffi, tu ci sarai?» chiese Viola a Raffaella che li aveva raggiunti.

«Temo di no, sorellina. Devo fermarmi a Monteriggioni, come ti dicevo».

«Peccato» le disse Viola con una vocina triste.

«Saremo insieme anche tutto domani però» le rispose Raffi cercando di consolarla. «E poi verrò a trovarti a Torino, te lo prometto. E io quando prometto mantengo. Non somiglio a qualcuno che conosciamo».

Viola non raccolse il sottinteso di Raffi. Pensare al padre la faceva sentire abbandonata. Voleva rivolgere i pensieri ad altro, a quello che sarebbe accaduto di bello nei giorni del cammino. «Bene, lo dirò alla mamma, sarà contenta. Tu le eri simpatica. Invece io ti odiavo!»

«Avevi i tuoi motivi» ammise Raffaella.

Viola la prese per mano e le fece segno di tacere, dolcemente. «Mi piace avere una sorella. Possiamo raccontarci tutto, ma proprio tutto?»

«Quasi tutto!» disse Raffi ridendo. «E va bene sorella, proprio tutto» ribadì infine con un bacio sulla fronte.

Un po' più indietro, Matteo raggiunse Giorgia che teneva stretto il libro che le aveva dato Fabien.

«Sono curioso di sapere se ti piace, così poi magari me lo presti» le disse.

«Se stasera non mi convince, te lo do già domani».

Matteo cambiò argomento. «Dormirai con noi in tenda? C'è anche Viola. Fabien mi ha detto che studierà i percorsi per cercare un posto adatto. Ti va?»

«Perché no? Potrebbe essere bello» rispose Giorgia, più che altro per non essere sempre negativa. Si era resa conto che era l'unica a lamentarsi di tutto.

«Ci divertiremo!» Matteo era entusiasta, come sempre. E Giorgia faticava a tollerare i grandi entusiasmi. Come sempre.

«Ma tu lo continuerai il cammino, sì?» le chiese poi Matteo ripensando alla scommessa di Giacomo e Fabien.

Consueta alzata di spalle di Giorgia: «Non lo so... I miei ci tengono, quindi credo che continuerò, ma non sono ancora sicura... Vediamo i piedi che dicono stasera. E la schiena. Mi fanno ancora male entrambi, in effetti».

«Io vado a giorni. Ieri mi piaceva, oggi meno. Non si può dire che non succeda niente, come temevamo io e Giacomo... però questa lentezza a volte mi esaspera. Non si vede mai la fine della tappa».

«E quindi? Ti piace o no? Non si è capito» gli disse Giorgia senza tanti complimenti.

«Intanto voglio dormire in tenda. Poi vedremo...» le rispose Matteo.

«Be', fra tutti e due abbiamo le idee chiare!» E finalmente Giorgia sorrise.

«Sei bella quando sorridi così spontaneamente, con gli occhi. Le poche volte che, posso dirtelo?, ti ho vista sorridere, in realtà mi sembrava quasi che te lo imponessi: i tuoi occhi restavano un po' tristi». Matteo abbassò lo sguardo. Aveva detto a Giorgia quello che aveva nel cuore, ma temeva la sua reazione.

Lei aspettò un po' prima di parlare. La voce era sincera quando disse: «In effetti, non ho grandi sorrisi in questo periodo. Anzi, devo apparire abbastanza stronza».

«No, questo no» le disse subito Matteo. «Si capisce che... non stai alla grande».

Giorgia sorrise lievemente. Non rispose.

«Scusa se ti ho detto quello che penso, Giorgia. Non voglio metterti in imbarazzo» continuò Matteo con un po' di timidezza, che in lui sembrava quasi innaturale.

A Giorgia veniva da ridere, era strano vedere Matteo in difficoltà. Infatti durò poco.

«Adesso vado a far vedere a Gaia i *like* al *bookcrossing* che ho postato su Instagram» disse Matteo riprendendo la sua solita aria scanzonata. «Sono già una cinquantina! Stasera, se vuoi, ti faccio vedere le foto, ok? Se non ce l'hai con me...»

«No, Matteo, davvero» gli rispose Giorgia guardandolo dritto negli occhi. «Stasera vedrò le tue foto volentieri e poi inizierò a leggere il libro, così ti saprò dire, promesso».

«Ci tengo». Matteo le rivolse un sorriso dei suoi.

Chissà quante ragazze aveva steso con quel sorriso, pensò Giorgia.

Poi Matteo si fermò ad aspettare Gaia. Giorgia si voltò e alzò la mano con cui teneva il libro per salutarlo.

Dal libro cadde qualcosa. Una lettera. Giorgia la raccolse. Era chiusa. Nell'intestazione c'erano solo due parole: *Per te*. La girò. Sul retro c'era scritto: *Il cammino ti sia lieve*.

Stava per chiamare Fabien e mostrargliela, ma poi ci ripensò. Decise che l'avrebbe aperta la sera, quando sarebbe stata a letto, da sola.

Per te.

Chi aveva scritto quelle parole? E a chi era diretta la lettera? Aveva lei il diritto di aprirla?

A queste domande non volle rispondere.

Non vedeva l'ora di essere a letto, sola.

Per te.

"E se fosse proprio per me?"

Aveva un gran sonno, Giorgia. Almeno così disse. E non andò al cinema con gli altri. Per tutta la sera aveva pensato solo alla lettera. Ma non voleva dividere quel segreto con nessuno. Sentiva che stava per avvenire qualcosa di importante. Era una sensazione, nient'altro.

Quando posizionò sulla fronte la lampada da lettura ed estrasse la lettera dal libro, era emozionata. Le sue mani si fermarono molte volte prima di aprirla. Era quel momento che le piaceva, l'attesa della scoperta. Era lì la magia. E se avesse letto qualcosa di banale?

Infine si decise.

Un foglio bianco scritto a mano, con una grafia irregolare e sottile. Come quella di un bambino.

Ciao. Mi chiamo Alessio. Ho lasciato questa lettera dentro il mio libro per te. Chiunque tu sia. Voglio raccontarti una storia. La mia storia dentro il cammino. Perché? Non lo so. Davvero. Però speravo che tu la trovassi. Il fatto che sia tu e non un altro (o un'altra? Boh!) ad averla trovata non è un caso. Lo scoprirai. Non so tu, ma io non credo più al caso. Però questa è un'altra storia...

Torniamo a me. Anzi, al cammino. Sono tanti giorni che cammino insieme ad altre persone, vengo da lontano. Ma non voglio ancora dirti da dove arrivo e perché ho iniziato a camminare, non sei ancora pronta, o pronto. Facciamo così: d'ora in poi ti parlerò come se fossi una ragazza. Mi viene più facile.

Dunque, i primi dieci giorni non ne potevo più. Avevo male ai piedi, le vesciche che urlavano, lo zaino che pesava, tutti che avevano voglia di chiacchierare. Tranne me. Io stavo ancora litigando con i miei problemi e la mia vita. E con un cammino che mi dava solo altri dolori. Poi è successo qualcosa. Non so esattamente cosa. Mi alzavo la mattina e mi sentivo bene, la testa libera e il cuore in pace. Studiavo la tappa e non vedevo l'ora di cominciare a camminare, fare incontri, assaporare lo scorrere del tempo in un modo che non credevo potesse esistere: senza rincorrerlo, senza metterci dentro desideri e preoccupazioni, solo felice di viverlo. Camminando.

Allora ho pensato a tutti quelli come me, che sono passati e passeranno sulle strade, dentro i letti dell'accoglienza, sotto il sole, la pioggia, la luna e l'ombra degli alberi di questo pellegrinaggio... Il cammino ci fa uguali. Ci spoglia di quello che è in più, te ne sei accorta? Comunque, da quando ho iniziato a stare bene, a un certo punto mi è venuta voglia di lasciare dei segni. Come una restituzione, riesci a capire? Sì, una restituzione. Perché il cammino è stato un regalo per me...

Ho ancora un po' di tappe e poi entrerò a Roma! Ma non so se ho voglia di arrivare... E tu? Forse siamo partiti da luoghi diversi ma, se stai leggendo questa lettera, siamo passati nello stesso punto, e abbiamo calpestato la stessa terra. Il cammino ci unisce... Adesso ti lascio. Ma per poco. A ogni tappa ti lascerò in dono una parola che mi regalerà il cammino. Dentro le parole che lascerò sul cammino leggerai la mia vita. Proprio niente di particolare. Però a nessuno ho mai detto quello che scriverò a te. Mi fido del cammino, le mie parole qui saranno al sicuro.

Ti lascio questo account:

ilcamminotisialieve@gmail.com

Controllo la posta tutti i giorni. Scrivimi e ti dirò, tappa dopo tappa, dove potrai trovare la lettera con la parola nuova del cammino.

Una cosa ti chiedo. Non dirmi niente di te. Neppure il nome. Puoi creare un account ad hoc? Basta che tu apra una casella di posta con Gmail e con l'account Francigenastory, e io saprò che sei tu. Così resteremo un mistero l'uno per l'altra. Almeno fino a quando saremo sulla Via Francigena...

Preferisco così.

E poi forse un giorno ti vedrò, e sarà come se avessimo camminato insieme.

Cheilcamminotisialieve. Alessio.

P.S.: Io arriverò a breve a Roma... Fin lì troverai le lettere. Non so se tu arriverai a Roma. Ma non è importante, in fondo. Non dirmi neppure questo. Non serve. A.

TAPPA 5 - 15 CHILOMETRI
Lettere da lontano

Avevano appena visitato la pieve di Cellole della comunità monastica di Bose. Un luogo in cui il silenzio ti dona una dolce compagnia, l'unica alla quale aspiri lì dentro.

Davide era rimasto più degli altri nella chiesetta medievale. Quando raggiunse il gruppo, si mise a fianco della moglie.

«Diana?»

«Dimmi...»

Il bosco era alle spalle e con la pieve si lasciavano dietro anche le splendide torri di San Gimignano.

«L'ho persa per sempre la via della bellezza?» chiese alla moglie.

Davide era imbarazzato, si sentiva un adolescente come sua figlia, ma essendo ben lontano da quell'età, più che altro si sentiva un cretino. La domanda, che l'aveva torturato tutta la notte, era affiorata dopo aver visto il film della sera prima, *Wild*. La protagonista, Cheryl, aveva affrontato un cammino epocale da sola, dopo una vita complessa e infelice. In cammino, per la prima volta, aveva fatto i conti con se stessa e le sue scelte. E aveva concluso che poteva ancora cercare quello che la madre, scomparsa da poco tempo e della quale sentiva terribilmente la mancanza, aveva inseguito durante tutta la sua breve vita: la via della bellezza. Ognuno la cerca come può, perché la bellezza è in ogni luogo, se è dentro di noi.

Questo era il finale del film. Però Cheryl l'aveva capito solo dopo mesi di fatica e solitudine. In cammino.

Davide si era ritrovato a pensare che anche lui l'aveva cercata un tempo, la bellezza. Forse l'aveva addirittura trovata. Ma poi aveva smarrito la strada. L'aveva detto a Diana.

Dopo qualche minuto – tanti – di silenzio, Diana gli rispose: «Anche Cheryl l'aveva persa. Però l'ha ritrovata».

Lei sapeva che Davide stava tentando di farle capire quanto fosse difficile vivere insieme, separati dalla distanza di quell'ultimo anno. Ma lei aveva paura. Ci aveva rimesso troppo fegato e cuore in quella corsa all'infelicità che era stata la sua vita nei sei mesi in cui Davide sembrava stesse per rinunciare a lei. Quello era stato il tempo della sofferenza. Poi c'era stato quello dell'odio. Poi della distanza. Poi della richiesta di perdono di lui. E ora il cammino. Insieme.

«Cheryl aveva ragione. E se fosse tutto quello che ho fatto ad avermi portato qui? Forse è anche il posto giusto per avere il coraggio di affrontare quello che sono oggi» disse Davide. Silenzio. «Il posto giusto per chiederti aiuto...»

Abbassò gli occhi, cercò la mano di Diana. Per la prima volta dopo tanto tempo lei non reagì fuggendo. Restò.

Viola era entusiasta, i suoi spettatori erano Giacomo e Gus. Si sentiva come la protagonista del film, sola ma temeraria.

«Cheryl credeva di non avere abbastanza coraggio,» continuò con la sua crociata «ma poi lo tira fuori, è sola e non può che contare su se stessa».

«Interessante,» disse Giacomo, avaro di entusiasmo «ma enfatico, decisamente». Guardò Gus per avere appoggio dall'amico, ma l'altro disse convinto: «A me il film è piaciuto».

Matteo era da solo dietro i tre ragazzi e aveva sentito la conversazione. A poca distanza da lui c'era Giorgia. Lui l'aveva aspettata e le si era affiancato riprendendo il discorso sulla protagonista del film. Giorgia, però, non sapeva che dire al riguardo. Le uniche parole che aveva in mente erano quelle di Alessio cheilcamminotisialieve.

Dopo aver letto la lettera, Giorgia aveva subito creato l'account di Gmail. E Alessio le aveva risposto!

Non gli aveva detto niente di sé. Erano i patti.

Aveva chiesto a Gaia dove si sarebbero fermati a dormire quella notte, e per fortuna era la stessa struttura di accoglienza per pellegrini in cui Alessio aveva lasciato la lettera successiva. Doveva chiedere di Maria, una signora romena che accudiva le camere, l'aveva lei in consegna.

Non vedeva l'ora di arrivare. I piedi non facevano neppure più male. L'aveva scritto a Vittoria la mattina presto prima di partire. E avrebbe risposto alle duecento domande dell'amica solo la sera.

«Io non l'ho visto il film, Matteo» disse al ragazzo che aspettava una risposta. «Ieri sera ero troppo stanca».

«Scusa, sono rinco dal caldo anche oggi. Hai ragione, non c'eri. Be', Cheryl cammina, sostanzialmente. In effetti la sua vita era stata un disastro. In cammino lei cerca una ragione di vita, più o meno, insomma... La madre era una che aveva avuto una vita di merda però, in compenso, aveva una gran voglia di vivere. Lei, invece, zero. Era arrivata anche a drogarsi. A un certo punto decide di mollare tutto e mettersi in cammino. Ma non come noi, si fa 1100 miglia attraverso il deserto, dormendo in tenda e sempre da sola!»

«E ce la fa?»

«Sì, però è dura. Giacomo direbbe che è un film alla Fabien. Il cammino ti salva, insomma».

«Ma a te è piaciuto?» chiese lei.

«Sì, perché è tutto vero» rispose Matteo convinto.

Di nuovo silenzio.

«Hai iniziato a leggere il libro del *bookcrossing*?» Matteo riprovò a far decollare la conversazione.

«Ah sì, bello!» disse Giorgia mentendo spudoratamente. Non ne aveva avuto il tempo, si era addormentata prima, ma decise che doveva essere per forza bello se Alessio lo aveva scelto come depositario delle parole del cammino. «Lo finisco di leggere e te lo passo. Ok?»

«Fai con calma, tanto sto leggendo una dispensa di un sensei giapponese...» le rispose lui.

«Un che?»

«Un maestro di spada giapponese» spiegò Mat.

«Già, tu sei uno spadaccino, giusto?» chiese Giorgia incuriosita.

"Certo che è proprio bello Matteo" si ritrovò a pensare guardandolo.

«Faccio kendo da sei anni. Il mio sensei in realtà è italianissimo, si chiama Sandro, ma ha studiato in Giappone, dove ha avuto un grande maestro giapponese per diversi anni, prima di diventare a sua volta maestro di spada».

«Fai anche le gare?»

«Sì, con gli allievi, naturalmente».

«Forte. Hai comprato una... com'è che si chiama... una katana?»

«No, a kendo ci si allena con il bokken, un lungo bastone che supplisce alla spada. Troppo pericolosa nei combattimenti».

«Mi sa che ti annoi tanto in cammino... Qui va tutto a rilento».

«Tutti pensano che il kendo sia una disciplina che insegna il combattimento feroce, invece i più bravi maestri di spada consideravano migliore l'allievo che riusciva a usarla il meno possibile».

«Perché?» gli chiese Giorgia.

«Perché lo scopo principale del kendo non è tanto allenare al combattimento, ma all'autodisciplina di corpo e mente. Però a me il combattimento piace. Perdo la pazienza ad aspettare di studiare l'avversario e attacco troppo presto. Sandro era contento, molto più di me, quando gli ho detto che sarei andato a fare un cammino. Vedrai che impari a essere meno precipitoso, mi ha detto. Bah, lui è sempre troppo ottimista!» concluse Matteo.

«Non buttarti giù, dai». Adesso Giorgia era ironica. «In effetti, forse ha ragione il tuo sensei: in fondo, come potremmo essere ancora qui, con le vesciche, la fatica, il sole, la pioggia, lo zaino, le zanzare... se il cammino non svegliasse in noi l'autodisciplina?»

Matteo la guardò meravigliato. Poi le sorrise.

«Mi sembra di percepire qualcosa di nuovo. Come un piacere per il cammino, più o meno... Stai dicendo che continuerai?»

«Penso che Fabien avrà il suo coltellino» rispose Giorgia come se stesse parlando a se stessa.

«Grande!» gridò lui. Poi si quietò e abbassò la voce. «Sto zitto, tranquilla. Li facciamo cuocere ancora un po'...» le disse strizzandole l'occhio. «Verrai a dormire in tenda?» osò chiederle.

«Perché no?» rispose lei. «Ma quando sarà?»

«Presto, promesso Gio'».

Matteo allungò il passo e la lasciò sola. Giorgia pensò che avrebbe voluto averlo ancora vicino.

I muraglioni della splendida Monteriggioni erano ormai in vista. Un'ultima salita e sarebbero arrivati. Poi la doccia e si sarebbero sentiti come nuovi. Il cammino, unito alla fatica, svuotava lentamente la mente dai pensieri funesti. Nel riposo c'era la gioia di accoglierne altri, quieti e spensierati.

Raffi e Viola avevano parlato fitto fitto tutto il tempo. Si erano raccontate di quando erano piccole e avevano ritrovato un sacco di emozioni, batticuori e lune storte in cui si erano scoperte uguali. Ora però Raffi doveva andare, la compagnia teatrale l'aspettava.

Dopo aver salutato tutti con il consueto calore, Raffaella prese Viola in disparte. Le due sorelle si abbracciarono in mezzo alla piazza semivuota, in silenzio per una volta. Raffi piantò i suoi occhi grandi dentro quelli della sorella: «Io non sono mai assente per le persone che amo. A dispetto di questo nome balordo che ci portiamo dietro. Ti vengo a trovare».

«Ci conto. Ti scrivo» le disse Viola con un lacrimone che lasciò scorrere lentamente sul viso.

«Dai, non farmi questo! In fondo siamo state insieme solo due giorni...» Raffaella cercava di sdrammatizzare, ma le riusciva male. Era commossa anche lei. Cominciò a cercare dentro il suo zaino e tirò fuori un foglio scritto a mano. «Viola, ti voglio lasciare il mio manifesto! Ho letto *Le Confessioni* di Rousseau. E quando ho incontrato queste parole non le ho più lasciate. Mi hanno raccontato in poche righe quello che voglio dalla vita. Almeno adesso! Te le ho scritte perché secondo me ci somigliamo... Hanno a che vedere con il cammino, naturalmente». Piegò il foglio e glielo mise in tasca. «Lo leggerai dopo, adesso baciami che vado dai miei amici. Buon cammino, sorella».

Si abbracciarono ancora.

Viola la guardò avviarsi verso la porta antica del paese. Quando anche l'ombra di Raffi scomparve, si mise seduta sul pozzo della piazza e aprì il foglio che le aveva lasciato la sorella.

Amo passeggiare a mio piacimento, e fermarmi quando ne ho voglia. La vita girovaga è quella che fa per me. Andare a

piedi col bel tempo in un bel paese, senza fretta, e avere come meta del mio percorso un oggetto piacevole: ecco, di tutti i modi di vivere, quello che più mi aggrada.
Jean-Jacques Rousseau

Alessio ilcamminotisialieve aveva lasciato detto a Giorgia che avrebbe dovuto chiedere al don della piccola chiesa di Monteriggioni la parola di quella tappa.

Quando ebbe in mano la lettera, Giorgia cercò un posto deserto dove mettersi a leggere, rigorosamente sola, la sua prima parola del cammino. Era eccitata, era nervosa, era curiosa, era intenerita da un segreto che condivideva con uno sconosciuto. Trovò un piccolo angolo al riparo da tutto e tutti. E aprì la lettera.

RIVOLUZIONE. *Il cammino in sé non è una rivoluzione, è la cosa più naturale per noi uomini, siamo nati camminanti, l'ho letto in un libro. È vero, mi sono detto, non faccio niente di strano a camminare, è nella natura umana. Perché non lo capiscono quelli a cui dico: «Sono in cammino?».*

Essere in cammino è, almeno dalle mie parti, un gesto rivoluzionario. Perché, in fondo, è da perdenti. Intanto, se hai tempo per fare i cammini vuol dire che non hai un cavolo da fare nella vita: non ti aspetta nessuno, non hai appuntamenti, scadenze, un lavoro, una vita... Sei una merda, insomma. Un perditempo.

Io di tempo nella vita ne ho perso tanto, ma stavolta invece mi sento bene. Per una volta faccio qualcosa di utile, di davvero benefico per me.

Il primo regalo del cammino è stato quello di ripensarmi nel mondo, di capire che non ci voglio più tornare in certi posti, fra certe persone, non ci voglio più andare di notte a tagliare la strada al destino. Leggo la mia vita in modo diverso. Ogni mattina, cappello e bastone e poi si parte. Ogni giorno la strada mi aspetta e mi regala i doni del cammino: la natura, gli incontri, il silenzio, gli intrecci dei rami in un albero secolare, un serpente che ti taglia la via e ti guarda.

La rivoluzione per me è diventata la capacità di dare valore a quello che ho intorno. È come un senso di rispetto che non ho mai avuto per niente e per nessuno prima d'ora. Non ne ero capace perché non davo valore a nulla, tantomeno a me stesso.

Ogni giorno, in quello che mi arriva dal cammino c'è tutto. È la mia rivoluzione: aspettare l'ignoto. Puoi calcolare, è vero, il tempo che intercorre fra partenza e arrivo, e all'inizio lo facevo. Ma poi non l'ho più voluto fare. Perché il bello è nel mezzo, è nell'andare. È lì che non sai cosa sarà di te. E allora a che scopo calcolare l'arrivo? E se nel frattempo io cambiassi?

Nell'altro mondo, dal quale anch'io provengo, chi di noi aspetta che la vita ti venga incontro? Pensa a quando sei in quel mondo, ti svegli la mattina e conosci già tutto della tua giornata. Fino a sera, non fai che depennare dalla lista delle cose da fare quello che sai.

Sappiamo tutto.

E quando non sappiamo, abbiamo paura.

L'imprevisto è l'ignoto che ci fa paura nel mondo. Ma non in cammino.

Ieri ho cominciato a sorridere ai pellegrini che incontravo. Non l'avevo mai fatto. Ma mi fa stare bene. Un'altra rivoluzione per me. Ho passato mezz'ora a guardare un asino che non voleva attraversare un fiume. Mi sono fermato a osservare un albero che aveva duecento anni...

La rivoluzione per me sarà portare il cammino dentro la vita del mio mondo. Ce la farò? Forse dovrò semplicemente fare quello che facciamo ogni mattina con il don: alzarci e dire grazie.

Ho imparato a credere in un Dio. Ma non è la parte più difficile. Per me la parte più difficile è credere negli esseri umani. Per questo dico grazie ogni mattina. E comincio la mia rivoluzione andando a incontrare i frutti del cammino.

Ce la farò?

TAPPA 6 - 20 CHILOMETRI
Rose bianche

Ce la farò? Le parole del cammino non se ne andavano. E poi Giorgia non avrebbe nemmeno voluto. Le teneva nascoste in silenzio e un passo dopo l'altro non faceva che pensarci. Chi era Alessio? Che vita aveva? Perché si era messo in cammino? Non era facile la sua vita, questo l'aveva capito. Ce l'aveva una madre? E se fosse stato anche lui come lei? Sicuramente era in cerca di pace. Io cerco mia madre. E tu, Alessio? Ma non poteva chiedere. Erano i patti.

Giorgia sapeva già dove avrebbe trovato quel giorno la parola di Siena. Da suor Elettra, dove anche loro avrebbero dormito, proprio come Alessio.

La mattina era cominciata con le nuvole in cielo. Meglio, il caldo avrebbe dato tregua ai pellegrini.

Giorgia si sentiva bene quella mattina. Avrebbe voluto dirlo a Vittoria. Le aveva scritto, le aveva detto che aveva deciso di continuare a camminare. Per Diana e Davide. Ma anche per sé.

"Sta succedendo qualcosa di bello. Ti telefono domani sera, ok?"

In quel momento ricordò anche quello che le aveva detto Lorenza, la stiracervelli.

"Dopo la doccia mi fermavo, avevo bisogno di stare sola... e i pensieri della giornata si stendevano come tappeti di fronte a me: erano lucidi, fluidi, chiari finalmente! Non ho mai avuto tante risposte come dopo il cammino, nel silenzio".

Però, la sapeva lunga anche la stiracervelli...

Matteo doveva comunicare a tutti quello che gli aveva detto Fabien: il posto della loro notte in tenda. Un piccolo campeggio prima di arrivare a Radicofani. Mancavano solo pochi giorni.

«Il bosco c'è, le stelle pure. Fabien dice che il campeggio non è niente di speciale, però abbiamo acqua e bagni».

«Andrà benone, Mat» disse Viola.

«Ma sì, che ci importa se non è un quattro stelle? Tanto siamo abituati ormai!» ribadì Giorgia.

«Per me va bene, mi piace» disse Gus.

«Giacomo?» chiese Matteo, che nonostante i battibecchi ci teneva al fatto che ci fosse anche il fratello.

«Ok anche per me» confermò senza entusiasmo il rosso.

«Stasera lo diremo ai grandi» propose Matteo. «Non credo che faranno storie. Fabien era ottimista».

«Ah, davvero? Che novità!» Giacomo non si lasciò sfuggire l'occasione per sottolineare, con tono polemico, l'ottimismo sempreverde del francese.

«Perfino tu saresti ottimista se avessi a fianco una come Gaia!» lo punzecchiò Matteo.

«Sarei più esigente, se fossi in Fabien» rispose Giacomo acidamente.

Viola non si trattenne più: «Hai da dire anche su di lei?! Non ci posso credere. A parte che Gaia è carina... e va be', questo è soggettivo... ma soprattutto, io la conosco bene, è una persona fantastica. Sarai mica tu a essere strano?»

«Forse, chissà» disse Giacomo, apparentemente senza scomporsi. «Comunque non è che penso male di Gaia» riprese poi con tono più mite. «Mi piace, è una tosta. Era solo per dire che Matteo è sempre troppo entusiasta delle persone. Anzi, delle donne. Per lui sono tutte ugualmente meravigliose».

«Mi hai stufato Giacomo, non fai che lamentarti» se ne uscì stizzito Matteo. Poi allungò il passo e si allontanò.

Giorgia raggiunse Matteo. Camminavano in silenzio, superati solo dalle loro ombre lunghe. Ogni tanto si scambiavano un sorriso. A Mat bastava. Non poteva credere che Giorgia gli dimostrasse solidarietà. Quasi quasi tornava indietro e ringraziava il fratello.

Il lungo tratto in discesa era appena iniziato.

«Ogni volta che c'è una discesa lunga, tremo» disse Giorgia con un sorriso. Aveva cominciato a tirarne fuori più di qualcuno.

«Perché?» le chiese dolcemente Matteo.

«Perché immagino la salita che arriverà subito dopo! È tutto un saliscendi la Toscana».

«Sì, è vero. Ogni tanto rimpiango la pianura delle mie parti» rispose Matteo.

Vicino a un cancello c'era un cespuglio di rose bianche. Giorgia si fermò ad ammirarle.

«Guarda, Matteo, hai mai visto qualcosa di più perfetto? Guarda quante ce ne sono, e tutte bianche. Le mie preferite».

«Anche per me le bianche sono le migliori» disse Matteo. Poi, vedendo l'espressione sarcastica di Giorgia, rise. «No, giuro! Mia madre nel giardino ce le ha di tutti i colori meno che bianche e io le dico sempre che mancano le mie preferite. Stasera te lo faccio dire da lei...»

Matteo lasciò la frase in sospeso e si fermò accanto a un albero, chiedendo a Giorgia di attendere. Aspettò che passassero tutti e poi le fece cenno di continuare.

«Beviamo un po'?» propose poi a Giorgia. «Dai, fermiamoci un momento solo».

Gli altri erano ormai avanti. Erano soli. Matteo aiutò

Giorgia a sfilarsi lo zaino, poi prese velocemente qualcosa nel suo e andò verso il giardino delle rose. Aveva visto il cancello socchiuso. Entrò, e in pochi secondi riapparve. In mano aveva una rosa bianca appena sbocciata.

«Non è esattamente perfetta come te,» disse quando fu vicino a Giorgia «però volevo prendertela». Con il coltellino tolse velocemente le spine. «È tua».

Nessuno aveva mai rubato una rosa per lei. Nessuno gliel'aveva mai nemmeno regalata.

«Grazie...»

Giorgia non riuscì a dire nient'altro. Pensò ad Alessio ilcamminotisialieve e si chiese se avesse mai regalato una rosa a una ragazza. Poi smise di pensare ad altro. Matteo le si era avvicinato e giocava con i contorni del suo viso, accarezzandola. Si chinò e le diede un bacio sulla guancia, lieve, e poi un altro, e un altro... Le labbra calde di Matteo bruciavano sul viso di Giorgia. Lei si girò e le labbra si trovarono. Matteo la strinse piano e la baciò. A lungo, con tenerezza. Giorgia sentiva un calore che la inondava e le bruciava nel petto e sul viso. Lui le stava dicendo cose che lei non aveva mai sentito.

«Giorgia, la rosa bianca... Sei speciale, e rara. Sei così bella, Gio'...»

Era Matteo, era proprio lui. Giorgia si guardò intorno e si vide in quella lunga strada in discesa, bianca e assolata, loro due, vicini, abbracciati, impolverati e sudati, con gli zaini e i bastoni posati a terra, in mano una rosa bianca, sotto l'ombra dei rami di un alto pino. Quanto erano buffi? Le venne da ridere.

Matteo rise con lei: «Che c'è? Che ho detto?». Chissà perché con Giorgia si sentiva sempre insicuro.

«Non stare sulla difensiva, Matteo» gli disse lei con tenerezza. «È solo che mi è venuto da ridere. Guardaci qua, polverosi, disidratati, puzzolenti e abbracciati. E tu che improvvisamente parli come un cavaliere medievale... Fino a due giorni fa ci insultavamo...»

«Tu insultavi. Io è dal primo giorno che volevo baciarti».

«Lo vedi che parli come un cavaliere del Medioevo?»

«Be',» rispose lui fingendosi contrariato «visto che ti ho appena baciata e sono in estasi romantica, come direbbe Giacomo, potresti almeno considerarmi un samurai, invece di un banale cavaliere. Baciavano meglio, sai? Facevano tutto meglio, i samurai». E così dicendo la sciolse dall'abbraccio.

Allora Giorgia si rese conto che stava bene nelle braccia di Matteo.

«Dai, non volevo prenderti in giro».

«Lo so» le sorrise lui, porgendole la borraccia. «Adesso bevi un po'... ti fa schifo bere dalla mia borraccia? Attenta a come rispondi, ne va della nostra storia» disse aspettando la sua reazione. Che non tardò ad arrivare.

«Abbiamo una storia?!» rispose Giorgia fingendosi stupita. Sì, adesso lo stava proprio prendendo in giro.

Anche lui bevve un sorso d'acqua e rimise la borraccia nello zaino con cura. Poi l'abbracciò ancora.

«Io faccio sul serio con le rose bianche. Sappilo».

«Sono rimaste ancora delle spine sulla rosa, non le puoi togliere tutte. Sappilo» disse lei.

«Quelle della rosa bianca sono le mie spine preferite» e non le diede il tempo di replicare perché la baciò.

Fu così che un samurai e una dama si incontrarono su una stradina bianca di polvere e sassi, su una discesa che poi avrebbe incontrato la sua salita.

Quando li videro ricomparire, gli altri fecero vistosamente finta di niente. Erano intenti a masticare panini. Giorgia diventò del colore delle rose, ma rosse. Aveva ancora in mano la sua rosa bianca e non sapeva come nasconderla. Matteo grondava gioia. Lei pensò che erano passati solo pochi giorni da che conosceva Matteo e all'inizio pensava fosse un cretino. Seppure un cretino affascinante. Cos'era successo? Perché aveva cambiato idea in così poco tempo? Non riusciva a spiegarlo nemmeno a se stessa. Se quella mattina le avessero detto che avrebbe baciato Matteo, avrebbe riso fino a Siena. Pensò che Vittoria forse glielo avrebbe saputo spiegare cosa le era successo.

Quella sera Giorgia fu messa sotto interrogatorio. I genitori erano ansiosi di sapere.

«Ma allora Matteo ti piace?» disse il padre con un esagerato entusiasmo.

«Va tutto bene, Gio'?» le chiese invece la madre con un po' di ansia.

Giorgia però non ne voleva parlare. Era il suo territorio. Ma soprattutto non sapeva nemmeno lei cosa le stesse succedendo. E poi c'era anche Alessio. Lui dove stava in tutto questo? Era vicino, pure lui. Ma come Matteo? O di più? Adesso che Mat le era lontano già cominciava ad avere dubbi. Non poteva dirlo ai genitori. Lo doveva gridare a Vittoria.

«Va tutto bene. Io continuo il cammino, però voi non fatemi altre domande su Matteo, ok?»

I genitori compresero.

«Però prima o poi me ne parlerai, vero Gio'?»

«Credo di sì mamma, ma non ora».

Adesso due erano le cose importanti. Telefonare a Vittoria. E chiedere la lettera a suor Elettra.

«Vado. Sento Vittoria e poi scendo a conoscere suor Elettra. Ci vediamo giù?»

«Vai pure. Facciamo una doccia e ti raggiungiamo» le disse

il padre con tenerezza. Cresceva. E se ne andava. Cosa c'era di più naturale?, si dissero lui e Diana.

«Però non so se ce la faccio» sussurrò lei.

«Ti resto io» le disse dolcemente Davide. Poi tornò serio: «Se siamo insieme ce la faremo, te lo prometto, Diana».

«Non mi piacciono più le promesse, Davide» rispose lei. La strada era ancora tutta in salita.

Suor Elettra era una donna dal fisico saldo. Si vedeva che era abituata a svegliarsi all'alba e andare a letto per ultima. Quando li guardò tutti in fila... Viola, Giorgia, Matteo, Giacomo e Gus, disse con un sorriso che non ammetteva repliche: «Stasera sarete dei camerieri perfetti, ragazzi. È stata la Provvidenza a mandarvi qui. Questa è una serata speciale, offriamo a tutti i poveri di Siena e dintorni un pasto caldo. Avevamo proprio bisogno di giovani che servissero ai tavoli. Abbiamo solo tre studenti volontari, i nostri ragazzi sono tutti in vacanza. Con voi siamo a otto. Ci state?»

Giacomo ingoiò saliva mista a qualche accidente, ma non disse nulla. Aspettava la risposta entusiasta di Viola. Invece arrivò prima quella di Gus: «Ci siamo, suor Elettra».

A seguire, Viola: «Io ho già servito alla mensa. Lo faccio volentieri, suor Elettra!».

Matteo e Giorgia annuirono con un sorriso. Giacomo si astenne.

«Bravi, ragazzi, sedetevi pure e mangiate. Ora sarò io a servirvi, stasera invece toccherà a voi servire gli altri» disse suor Elettra senza sorridere. I convenevoli non le si addicevano.

Mentre i ragazzi andavano avanti e indietro dalla cucina portando i piatti in tavola, i pellegrini adulti si intrattenevano fra di loro con chiacchiere e cibo. Alice si era seduta vicino a Diana.

«Sono felice che Mat e Giorgia abbiano legato» le disse Alice con semplicità. «Sono belli insieme!»

«Fa piacere anche a me» rispose Diana con un sorriso accogliente. «Giorgia sembra un po' burbera, ma è solo spaventata dalle risposte che non riesce a ottenere dalla vita... In questo periodo è così impaziente...» continuò Diana sentendosi un po' in imbarazzo. Non intendeva giustificare Giorgia, le piaceva così sua figlia, ma gli altri avrebbero potuto farsi un'idea sbagliata, e lei questo non lo voleva.

«Ma alla loro età chi non lo è stato?» la rassicurò subito Alice. «Io ero un maschiaccio, sempre pronta a contraddire chiunque. Come Giacomo! Davvero, Diana, io la trovo deliziosa».

«Giorgia l'abbiamo adottata». Diana si lasciò andare. «In questo momento è alla disperata ricerca della madre biologica. Fa fatica, non sa quale sia il suo posto nel mondo. Hai ragione, è una ragazza meravigliosa» concluse, sforzandosi di non piangere.

Alice rimase spiazzata. Non se lo aspettava. «Dirò una cosa forse assurda... ma ho sempre visto in lei una forte somiglianza con te. Per questo non l'avrei mai detto. Io sono un avvocato e mi occupo di mediazione familiare, ho avuto dei casi di adozione, ma solo quando c'era in ballo un divorzio, e non è il vostro caso. Però so quanto la ricerca delle origini pesi sulle famiglie adottive. D'altra parte, ho sempre pensato che, se mi trovassi al posto di questi ragazzi, anch'io vorrei sapere chi sono, da dove vengo, perché sono stato abbandonato».

«Esattamente» disse Diana. «Questo è il nodo. Si sentono abbandonati. E finché non realizzano da chi e perché, non se ne fanno una ragione».

«Se posso dirti, per la mia esperienza...» Diana le fece cenno di continuare «... credo che se anche Giorgia non dovesse riuscire a dare una risposta alle sue domande, comunque prima o poi troverà dentro di sé un equilibrio. Però è fondamentale che senta l'appoggio totale della famiglia adottiva».

«Credo sia proprio così Alice... Ma dimmi di Mat. È un ragazzo solare, bello, vivace».

«Matteo è come lo vedi» rispose Alice. «Però, essendo così scoperto, viene colpito facilmente».

«Se son rose...» disse Diana con un bel sorriso, pensando alla rosa che aveva in mano la figlia.

«Rose bianche, a quanto sembra!» E anche Alice si mise a ridere.

«Be', cosa c'è che vi diverte tanto?» chiese Renato cercando di venir coinvolto.

Ma Diana e Alice non fecero in tempo a rispondere perché la loro attenzione fu attratta dalla seguente scena...

Giacomo stava servendo un piatto di formaggio e patate al forno, quando alle sue spalle piombò un signore sulla sessantina, barba incolta e bianca e grandi occhi azzurri, che gli afferrò con forza una spalla. Il ragazzo si girò e il vecchio gli urlò contro: «Solo a me hai dato una fetta di formaggio che è tutta crosta. Guarda qui!» e gli ficcò il formaggio sotto il naso. «Che ci mangio io qui secondo te? Ti ho visto, mi hai sempre portato i piatti peggiori. Perché?» Poi si piantò in mezzo alla sala con aria minacciosa in attesa di una risposta.

Giacomo restò interdetto. Che fare? Boh. I genitori lasciarono che se la cavasse da solo.

«Ma non è così. Guardi, anche questa ha la crosta» disse Giacomo mostrando all'uomo la fetta di formaggio che aveva nel piatto e che stava consegnando.

«La mia ne ha di più. Perché non mi sopporti? Dillo. Allora? Su, dillo...»

Matteo accorse in aiuto del fratello.

«Magari le diamo un'altra fetta, va bene? Come si chiama?»

«Mi chiamo Walter e non ho bisogno di te» disse senza tanti complimenti. «Voglio sentire che ha da dire lui!» concluse puntando l'indice verso Giacomo.

Prima che Matteo intervenisse di nuovo, uscì dalla cucina suor Elettra, chiamata da Viola e Giorgia.

«Ohi Walter, siamo alle solite? Che hai da lamentarti stavolta?»

Vedendo suor Elettra, Walter cambiò umore. Divenne mansueto e sorridente.

«Ciao sorella Elettra. È che questo ragazzino mi tratta male... solo me, capisci?»

«Giacomo non tratterebbe male una formica. Solita storia della porzione più piccola? Adesso siediti e mangia come tutti gli altri, in santa pace. Siamo qui a far festa, o no?»

Borbottando e guardando male Giacomo, Walter si sedette.

«Non farci caso. Dopo dagli una porzione più grande di dolce e ti sorriderà come a un fratello» disse suor Elettra a Giacomo, che era rimasto sconvolto. Poi se ne tornò in cucina con un sorriso divertito.

Giacomo continuò a servire ai tavoli, ma era un po' in imbarazzo. Non riusciva a togliersi di dosso gli occhi di Walter. Sembrava che lo odiasse.

Come se gli avesse letto nel pensiero, un altro signore, più o meno della stessa età di Walter, anche lui barba incolta e occhi infossati, gli disse: «Non ti odia, stai tranquillo. Non ce l'ha con te. Ce l'ha con la vita. Gli ha giocato un brutto tiro. E proprio quando meno se lo aspettava».

Giacomo finì di distribuire i piatti del secondo e poi tornò dall'uomo. C'era un posto libero accanto a lui, si sedette e gli chiese: «Che tiro?».

«Faceva il giornalista in un piccolo giornale di provincia. Aveva una famiglia, moglie e figlia. Aveva una casa con il giardino. Arrivava a casa e trovava la cena pronta. Poi una sera non trovò nessuno. La figlia e la moglie erano andate in città per comprare una lampada e non sono più tornate. Un incidente d'auto. Banale morire in un incidente stradale per comprare una lampada. Però succede. Walter allora ha dato via la casa e poi ha mollato il lavoro. Non era più lui. Schizzato completamente. È andato a vivere da una sorella, poi quella è morta e lui ha regalato la casa alla parrocchia. Non aveva più nessuno e ha cominciato a vivere in strada. Non ce l'ha con te. Ma ogni tanto gli salta qualcosa e deve prendersela con qualcuno».

Giacomo stette in silenzio per un po'. Poi disse: «Forse avrei fatto anch'io come lui. O forse mi sarei ammazzato».

«No» gli rispose l'altro. «Quello è un passo diverso. Chi resta si sente in colpa e ha bisogno di espiare. Walter si odia. Allora fa finta di odiare sempre qualcun altro».

Giacomo guardò l'uomo di cui non conosceva il nome. Non se li immaginava così i barboni. I poveri. Aveva le scarpe rotte, certo, aveva una camicia a quadri con i polsini consumati, certo, aveva anche gli occhi infossati di chi non dorme in un letto di rose, ma lo sguardo era lucido e le parole altrettanto.

«Come ti chiami?» chiese Giacomo. Gli venne naturale dargli del tu, perché sentiva con quella persona una vicinanza, una connessione profonda.

«Mi chiamo Giacomo, come te. E sono povero. Ma resisto. Per ora. E tu?»

«Io sono Giacomo... e cammino. Resisto anch'io».

«Bravo. Finché cammini non ti perdi. Adesso vai a servire, arriva il dolce. E chi lo vede mai un dolce così?! Suor Elettra è nostra sorella. Lei a noi ci pensa. Vai».

«Addio, Giacomo».

«Buon cammino, ragazzo» rispose l'uomo.

A Giacomo sembrò di vedere un luccichio nei suoi occhi, come una lacrima che non sarebbe scesa.

A fine serata suor Elettra consegnò a Giorgia la lettera di Alessio.

«Me l'ha data dicendo che non sapeva neppure lui a chi l'avrei data. Mi fa piacere che sia tu».

«Perché?» Come al solito la sincerità di Giorgia la faceva sembrare scortese. «Non mi conosce...»

«Ti ho conosciuta stasera, fidati» disse la suora sorridendole con una dolcezza che non ci si sarebbe aspettati da lei.

«Grazie» rispose Giorgia prendendo la lettera. Poi la nascose perché in quel momento arrivò Matteo.

I due ragazzi salutarono suor Elettra e si incamminarono fuori in una Siena stellata.

«All'inizio ero scettico, ma poi mi è piaciuto servire. Le persone erano contente, si vedeva» disse Matteo prendendo per mano Giorgia.

«Sì, è vero» rispose lei, ma il pensiero era rivolto alla lettera di Alessio. «Però sono stanchissima. Ti spiace se rientriamo?»

«Sì che mi dispiace! È tutta la sera che aspetto di stare un po' solo con te. E tu hai sonno!» La strinse forte a sé.

«Scusa» disse sbadigliando Giorgia, che effettivamente era stanca. «È che abbiamo fatto tardi e io se non riposo domani non cammino. Lo sai che sono fragilina» e accennò un sorriso.

«Come una rosa bianca» sussurrò Matteo. «Con tante spine». L'abbracciò e le prese il viso come fosse un bocciolo delicato. «Ti guardavo, sai, stasera? Io non faccio altro in effetti... Eri così bella con i capelli sciolti. E avevi per tutti un sorriso. Ce l'hai anche per me, Gio'? O devi sempre guardarmi così severamente?»

Matteo super, Matteo spaccone, Matteo chiacchierone, Matteo bello ma stupido, Matteo dongiovanni. Certe volte ci si sbaglia sulle persone, pensava Giorgia. Ma poi non pensò più, perché Matteo la stava baciando. Non era uno che aspettava risposte. Non ne aveva bisogno.

Aveva ragione Vittoria? Era riuscita a sentirla prima di servire ai tavoli.

Quando le aveva detto di Alessio e delle parole, era rimasta entusiasta anche lei. Ma quando poi le aveva raccontato di Matteo, Vittoria era rimasta addirittura folgorata. Muta. Poi le aveva urlato: «Evvvvaiiiiiiii!!! Evviva il cammino! Lo sapevo che ti avrebbe portato fortuna! Almeno ti scordi di manilungheesorrisopallido... Serafini, insomma. Senti Gio', non perderti Matteo, che è quello che mi interessa di più. E anche a te. Alessio va bene, è una storia fantastica ma non ti porta a niente. Invece Matteo ti dà i brividi, no? E allora cammina e non smettere di rabbrividire... se intendi quello che dico!!!»

Vittoria era pratica e anche se non lo conosceva, da quello che le aveva detto Giorgia, Matteo era il suo preferito fra Edoardo manilungheesorrisopallido e Alessio ilcamminotisialieve.

Giorgia, invece, continuava a essere confusa. Matteo davvero le dava i brividi. Le piaceva come aveva subito difeso il fratello. E come la guardava quando pensava che lei non se ne accorgesse. Però adesso era tornata nella sua stanza. Aveva sistemato la lampada sulla fronte e aveva cominciato a leggere la lettera di Alessio. Le sue parole le facevano bene al cuore, perché lo rendevano più leggero. Contenevano risposte che non aveva mai trovato in altri luoghi. E ora, in cammino, qualcuno gliene faceva dono.

TATUAGGI. *Sulla mia pelle ho scritto la storia che avrei voluto portare con me nel mondo... e non è stata. La ragazza che pensavo per sempre, persa chissà dove. Mia madre, andata via presto, così presto. Il lavoro che avevo e che ho fatto di tutto per perdere. Gli amici che non sono mai stati amici. Quelli che non vorrei più ritrovare. Mi sono tatuato un gabbiano che mi ricordasse la libertà e anche quella se ne è andata.*

Mentre camminavo, ho cominciato a guardare le orme che lasciavo sulla terra. Ma sono tracce che durano poco, chi cammina è lieve sulla terra, perché di passaggio. Ecco, questa è un'altra cosa del cammino: mi ha fatto pensare che siamo noi uomini a cercare qualcosa di eterno... perché eterni non siamo.

Invece la terra ti riporta al tuo destino di uomo, ti racconta che lasci tracce che si cancellano con una pioggia o un alito di vento... il vento mischia la terra e tu scompari. Invece la terra su cui cammini, lei no. Lei resta. Il cammino mi ha allenato a guardare la fine delle cose umane. E l'eternità della natura. I tatuaggi che ho inciso sulla pelle sono un'illusione di eternità.

TAPPA 7 - 27 CHILOMETRI
Lacrime

La mattina dopo suor Elettra voleva salutare i suoi ragazzi. Viola fu l'ultima, l'abbracciò e le disse: «Grazie di essere così accogliente con tutti!».

Suor Elettra le rispose baciandola: «Non è mica vero che accolgo tutti, una volta un pellegrino l'ho rifiutato».

«Scherza, vero?» chiese Matteo incredulo.

«No, per niente» rispose serafica lei. «Era un asino pellegrino. Una famiglia era partita dalla Francia con una piccola di quattro mesi che la madre ancora allattava e altri due ragazzini. Il marito era un giornalista e doveva raccontare in un libro la Via Francigena. Così la moglie aveva deciso che sarebbero partiti tutti. Loro due con i figli, l'asino e un piccolo carretto. Si sono presentati qui fuori dalla porta chiedendo ospitalità. Io posso ospitare gli umani, per gli animali non sono attrezzata, ho detto loro. E l'asino è andato a dormire in campagna» concluse divertita.

Timbrò le credenziali e scrisse: "Buon cammino a tutti". Poi chiese loro di scrivere qualcosa sul diario dei pellegrini.

Tutti ringraziarono e salutarono con un paio di righe.

Giacomo si tenne per ultimo.

Scrisse meno di due righe: "Addio Giacomo, amico di strada. Buon cammino, qualunque sia il bagaglio che ti porti dietro".

Una volta fuori, Giacomo si avvicinò a Fabien. Aveva il suo mitico coltellino svizzero in mano.

«Questo è tuo. Ho perso la scommessa. È ovvio che Giorgia non molla il cammino» gli disse fingendo delusione.

«Ma non sono stati i samurai ad averla convinta». Fabien sorrise, la faccia furba di un francese che somiglia a un gatto persiano, quieto e sornione. «Giorgia ha la stoffa della pellegrina».

«Sarà, ma secondo me Matteo c'entra eccome. Comunque, ti sei beccato un coltello spaziale, fratello di Francia».

«Non te lo posso rendere» rispose Fabien. «Altrimenti ti tratterei come un bambino. Ne convieni, Giacomo?»

«Sarà...» disse l'altro ridendo.

Leonardo e Gus camminavano circondati da campi di grano. Sterminati, ordinati, belli.

«Ti viene voglia di provare a camminarci dentro, vero Gus?»

Leonardo si era affiancato a Gus. Viola era rimasta indietro con discrezione. Sapeva tutto del loro rapporto. Delle difficoltà di stare insieme, di parlare e del muro che aveva alzato Leonardo da quando era mancata sua moglie.

Gus guardò il padre. Non si aspettava quella domanda, era una visione romantica che a lui era sempre mancata. Lo diceva anche Lea, sua madre.

«A me viene voglia di camminarci sopra».

«Avrebbe risposto così anche tua madre» gli disse sorridendo con tenerezza il padre.

«Mamma però l'avrebbe fatto» rispose Gus, sentendo la voce incrinarsi.

A quel punto il padre tacque. Anche Gus non disse nulla.

Dopo qualche minuto Gus guardò suo padre. Piangeva. Camminava in silenzio e piangeva.

«Papà...» Gus stava male a guardarlo.

Il padre piangeva sempre più forte. Gli passarono accanto Diana e Alice. Gus fece segno di proseguire.

Il ragazzo lo fece fermare e lo condusse al riparo di un albero. Erano rimasti soli. Leonardo sembrava incapace di fermare il pianto. Gus non aveva mai visto il padre piangere. Nemmeno al funerale. Sembrava che avesse il cuore ingessato. Gus si rese conto in quel momento di avergliene fatta una colpa, del fatto che non piangesse. E anche del fatto che non parlasse. Se non ci si esprime mai, poi ci si dimentica come si fa, aveva cominciato a pensare Gus fin da piccolo.

Ma lui aveva sua madre, che non finiva mai di raccontare e parlare ed essere presente. Era stata lei a insegnare a Gus a parlare italiano, il padre non ci teneva, ma Lea conosceva bene l'italiano e lo parlava con Gus fin da quando era piccolissimo. Allora anche il padre aveva cominciato a farlo.

Fino a quando c'era stata lei, in fondo, non aveva avuto bisogno che il padre cambiasse. Poi però si era trovato accanto un uomo che non conosceva affatto. Avrebbe potuto raccontarne i silenzi, ma non le parole o i giochi, che non c'erano mai stati.

Gus gli tolse lo zaino, gli diede un fazzoletto, lo fece sedere. Leonardo era come un bambino, ma singhiozzava con un pianto adulto, inarrestabile.

Il figlio aspettò. Aveva capito che il pianto avrebbe potuto durare tanto. Il padre aveva aspettato troppo per liberare il dolore. La sofferenza non se ne sarebbe andata con le lacrime, lui lo sapeva bene. Sarebbe rimasta dentro per sempre. Eppure faceva bene piangere, dava un nome al proprio dolore.

Leonardo cominciò a piangere più lentamente, sussurrando il nome della moglie, Lea. Rispondeva a quel richiamo disperato il silenzio di chi non c'era più. Era quel silenzio a fargli realizzare l'ineluttabilità della perdita.

Passò quasi un'ora. Leonardo si calmò. Guardò Gus seduto accanto a lui. Fu come se lo vedesse solo allora. Gli sorrise.

«Manca anche a te, lo so». Gli toccò il braccio. «Ho tanta rabbia Gus...»

«Papà, anch'io sono arrabbiato. E ogni giorno di più. Mi alzo la mattina e non so mai se ce la farò a resistere al dolore. Inizio il cammino ricordando mamma... Mi manca».

«Avevo paura del cammino Gus, non volevo più partire» gli disse il padre. «Paura del silenzio. Volevo andare al lavoro per non pensare. Ma prima o poi il dolore deve trovare una via d'uscita. Ogni giorno che cammino ricordo qualcosa di tua madre. So che ci è accanto sempre. Che ci segue, che è felice di vederci qui, insieme, anche in questo momento». Accarezzò lentamente la testa di Gus.

Stettero in silenzio ancora un po', seduti a terra, vicini, l'ombra di un alto cipresso a proteggerli dal sole.

Arrivati a Ponte d'Arbia, Giorgia tirò un sospiro di sollievo. Non tanto per i piedi doloranti, quanto perché Alessio le aveva risposto subito, dicendole che la lettera l'avrebbe trovata ancora una volta dove sarebbero andati a dormire. Ma non sarebbe stata una persona a dargliela. L'avrebbe dovuta cercare nel mucchio della posta della struttura. In quell'ostello si usava così: c'era una cassetta della posta dove i pellegrini potevano lasciare dei messaggi a chi sarebbe passato di lì. Perlopiù erano biglietti in cui i pellegrini lasciavano un saluto agli altri viandanti. C'era un senso di comunità fra i camminanti che cominciava a piacerle.

Giorgia trovò subito la lettera con il mittente "Alessio per ilcamminotisialieve". Ma notò anche dei biglietti azzurri con dei fiori colorati da qualcuno che doveva essere molto bravo a disegnare. Erano i fiori del cammino, così li aveva chiamati la pellegrina Monica, che si era firmata. A ogni petalo di fiore corrispondeva una parola. I fiori disegnati erano tanti. Giorgia scelse la margherita.

I petali erano sei, e sei erano le parole che Monica aveva scritto. Al primo petalo corrispondeva la parola *Spada*, al secondo *Coraggio*, al terzo *Gentilezza*, al quarto *Giustizia*, al quinto *Compassione*, al sesto *Rettitudine*.

Prese con sé il biglietto, gli ricordava il samurai Matteo e gliel'avrebbe mostrato quella sera. Ma subito dopo scappò nella sua stanza e lesse d'un fiato la lettera di Alessio.

SILENZIO. *In cammino mi faceva paura il silenzio. Quando ero piccolo, il silenzio di mio padre significava, prima o poi, l'esplosione. La rabbia eruttava come un vulcano, faceva male. A me, a mia madre. Ho imparato a odiare e temere il silenzio. Era presagio di sventura. In cammino ho dovuto farci i conti.*

Un giorno, nel silenzio assoluto del sentiero, è comparsa la mia ombra, ed è stato come quando il nemico ti assale alle spalle. Mi sono bloccato. Non la riconoscevo. Non mi riconoscevo. Non ero abituato a guardarmi, a riconoscermi, a chiedermi dove fossi e cosa facessi sulla Terra. Ero abituato a pensare a come dovessero vedermi gli altri. Forte, senza paure, senza dubbi, fermo. Guardare la mia ombra nel silenzio della Terra è stato come trovarmi di fronte a un estraneo. Mi faceva paura. Ho cominciato a sudare freddo. Qualcosa dentro di me urlava, ma non usciva fuori. Il don si è accorto che ero rimasto bloccato, è tornato indietro e ha messo la sua ombra accanto alla mia.

'Due è meglio di uno' ha detto sorridendo. 'L'ombra ti accompagna sempre in cammino, Alessio. È la compagna fedele di ogni strada. Anche quando non si mostra, lei c'è. È ciò che resta muto dentro di noi. Scoprire di avere un'ombra ci fa paura, è un doppione che non riconosciamo, e abbiamo

paura di ciò che non conosciamo, soprattutto se ci appartiene. Io ho incontrato Dio dentro il silenzio della mia ombra. Oggi il cammino ti ha regalato l'incontro con la tua ombra. Forse lei aspetta di parlarti. L'ombra è al femminile… è l'unica "lei" a cui possiamo accompagnarci giorno e notte anche noi preti!'

È finita a ridere. Ma da quel giorno il silenzio non mi ha fatto più paura. Eravamo in due a camminarci dentro, io e la mia ombra.

TAPPA 8 - 22 CHILOMETRI
Pensieri

Avevano passato la bellissima Buonconvento e poi la Valle dell'Ombrone fino alla Cassia trafficata. Finito il tratto della Cassia, erano arrivate lunghe strade bianche con i panorami assolati della Val d'Orcia. Solo in alcuni tratti il riparo dal sole veniva dagli alberi che sfilavano ai lati delle vie di campagna.

«Sapete cosa mi piace del cammino?» Giacomo come al solito non si rivolgeva a un solo pellegrino, ma al mondo intero. Il gruppo quella mattina era compatto.

«Aspetta aspetta...» disse il padre in tono canzonatorio. «Forse la pace del silenzio?»

«No» rispose seccato Giacomo. Sapeva che lo stava prendendo in giro.

«Ah, ma allora ci sono!» continuò sullo stesso tono la madre. «La lentezza. Ti sei accorto che arrivare ultimi è bello!»

«No» rispose ancor più seccato il ragazzo. «Matteo, hai anche tu qualche amenità da dire? Così la famiglia è al completo».

«Aspetta... secondo me ti piace essere svegliato alle sei» infierì Matteo.

«La seconda cosa che mi piace del cammino è prendere coscienza di avere una famiglia spiritosa» disse Giacomo.

«Manca sempre la prima, però, siamo curiosi» intervenne

Gaia. «Aspetta, facci indovinare. Secondo me del cammino ti piacciono gli incontri».

«Anche, ma non è la prima cosa».

«Io lo so!» disse Viola. «Giacomo va pazzo per le lezioni di Gaia sulle mappe e l'orientamento, al contrario di me, sigh».

«Anche le mappe mi piacciono, ma non sono al primo posto, Viola».

«Tocca a me» disse Leonardo, che per la prima volta partecipava a una discussione di gruppo. «Mi sembra che in cammino tu sia attratto dalle grandi radici degli alberi, Giacomo. Ti vedo che le fotografi sempre. Ci ho fatto caso perché anch'io mi stupisco della potenza delle radici, che esplodono con forza dentro la terra».

«Giusto, Leonardo, è vero anche questo, ma le radici degli alberi non sono al primo posto».

«Provo io» disse Fabien, guardando il coltellino di Giacomo e abbozzando un sorriso. «A occhio e croce, direi che ti piacciono le scommesse in cammino, Giacomo».

«Tu staresti bene con la mia famigliola, Fabien. Stesso umorismo sottile».

«Giorgia?» Giacomo si rivolse alla ragazza che sembrava distratta. «Vuoi provare anche tu?»

«Ah, sì» disse lei cercando di recuperare. «Mi sembra il gioco del "se fosse". E se fosse che ti piace il cammino perché ti piace la tua ombra?» Le era uscito senza pensarci, Alessio e la sua ombra erano ancora vicine.

Giacomo la guardò allibito.

«Be', almeno è originale. L'ombra in cammino in effetti è un fenomeno che si presta a interpretazioni psicologiche di un certo livello. Però, Giorgia, devo deluderti. Non mi sono affezionato alla mia ombra. Quello è Matteo».

Giacomo poi si rivolse al suo amico: «Gus, so che tu metterai fine a questi deliri. Provi?».

«A giudicare da quanti cornetti mangi a colazione, direi che del cammino ti piacciono le colazioni» rispose Gus con il suo tono pacato, senza ombra di derisione.

«Esatto!!! Il mio amico Gus non mi delude mai» disse Giacomo fiero. «Dopo il trauma della sveglia alle sei e dell'acqua gelata sul viso, e prima di affrontare il caldo, la fatica, la mia ombra e le radici... c'è la colazione! Il bello del cammino sono i fantastici bar con i cornetti caldi e il cappuccino con la schiuma e i vortici di cacao! Che lusso! Fantastico! Cari genitori, io lo rifaccio il cammino, giuro, se non mi togliete la colazione al bar. Odio gli ostelli che ti danno quelle colazioncine risicate. Io li cancellerei dalla Francigena, ma come si permettono?!»

La madre gli diede uno scappellotto affettuoso, mentre Renato se la rideva di gusto insieme agli altri.

«Che pagliaccio che sei!» gli disse Alice guardandolo a metà fra lo sconsolato e l'amore incondizionato. Poi si rivolse a tutti i ragazzi: «Allora, contenti di dormire in tenda?».

«Ma quante tende vi daranno?» chiese Diana.

«Due, ha detto il proprietario del campeggio. In quella piccola ci dormono Viola e Giorgia, nell'altra noi tre» rispose Matteo.

«Quindi avete già prenotato i posti?» disse ancora Diana.

«Tutto sotto controllo» la tranquillizzò Fabien. «Li ho prenotati io».

«Ma logisticamente come si fa? Loro si fermano prima e noi finiamo la tappa su al paese?» domandò Leonardo.

«Sì, il campeggio è prima della storica salita di Radicofani. Ma non pensate di risparmiarvela» continuò Fabien rivolto ai ragazzi. «La farete per raggiungerci la mattina. Fra l'altro, Giacomo,» e si voltò a cercare il ragazzo, che era rimasto indietro «ti consiglio di rifare la colazione seria non appena arrivati al paese: c'è un bar strepitoso che fa i cornetti in casa, mica surgelati!».

«Considerami già lì. Una salita non mi fermerà di certo» rispose Giacomo.

«Quindi la mattina i ragazzi ci raggiungono e poi si prosegue insieme» disse Renato. «Ma il campeggio è attrezzato? È sicuro?»

«Be', in realtà definirlo campeggio è eccessivo» intervenne Gaia. «È un grande terreno, il proprietario ha pecore e capre e fa il formaggio. Una striscia di questo terreno lo ha adibito a campeggio proprio per sfruttare il passaggio dei pellegrini sulla Francigena. È un posto alla buona, però è tutto a norma e regolare. Ha solo i posti tenda, e due bagni in tutto. Vi dovrete arrangiare ragazzi, ma tanto è una notte. Ha di bello che dormirete ai margini del bosco».

«Per noi va benissimo» disse Gus. «All'inizio volevamo addirittura dormire all'addiaccio nel bosco, diciamo che questo è un compromesso accettabile per voi genitori e per noi selvaggi».

«Ben detto, Gus!» gli fece eco Giacomo con il solito entusiasmo per il suo amico svizzero.

Gli adulti risero all'unisono e approvarono senza altre domande la mozione di Gus.

Giorgia era inquieta e aveva seguito solo a tratti la discussione.

Come Alessio, anche lei aveva incontrato l'ombra in cammino. Ogni volta che leggeva le parole di Alessio si rendeva conto che molte delle cose che scriveva le appartenevano.

Ricordò il giorno in cui aveva incontrato la sua ombra: era sola, e anche lei aveva avuto paura di questa estranea che la seguiva appiccicandosi a ogni passo. La sentiva alle spalle e se la ritrovava davanti. Non si poteva sfuggirle. Anche lei aveva fatto fatica a considerarla una proiezione di se stessa, perché Giorgia non si vedeva mai fuori da sé, proiettata all'esterno, fra gli altri. L'immagine che aveva di se stessa era sempre lei da sola. Lei da dentro, mai da fuori. E quell'altra, allora, da dove era saltata fuori? E le assomigliava? O era un'estranea?

«Sei pensierosa oggi» le disse Matteo avvicinandosi. «Problemi?»

«No, va tutto bene» rispose in fretta. Troppo in fretta.

«Sai che un buon samurai deve decidere come affrontare una battaglia nel giro di soli sette respiri?» le disse Matteo serio.

Giorgia lo guardò come se fosse un marziano.

«Sono allenato a percepire il pensiero del nemico in fretta. Tu non stai affatto bene» concluse guardandola preoccupato.

«Perché? Sono il nemico?»

«Non sviare, Gio'. Non ti va di parlarne?»

«Davvero non ho nulla, Matteo. Sono fatta così. Ci conosciamo poco, ma io spesso è come se non ci fossi...»

«È vero. Ci conosciamo poco. Però se non parli sarà difficile che ci conosciamo meglio, non credi?»

«Non sempre ho voglia di parlare» rispose lei senza dargli scampo.

«Ok, non credo di allontanarmi troppo oggi» disse lui con il tono di chi esercitava la propria pazienza. «Quindi, se ti viene voglia di parlare con me, dimmelo. Io ci sono per te» concluse con dolcezza.

Giorgia fece un mezzo sorriso. Era imbarazzata. Sentiva Vittoria che le diceva che l'avrebbe perso se si fosse comportata come una stronza. Si morse un labbro fino a farsi male, ma era più forte di lei. Non richiamò Matteo, come avrebbe voluto. Rimase indietro e lo guardò tutto il giorno da lontano. Senza parlargli.

Ficcò la mano in tasca e ne tolse il biglietto che aveva preso. Lo guardò pensando a lui. Il samurai. Perché non glielo aveva dato? Rilesse le parole-petalo su quella piccola margherita disegnata da Monica. Erano proprio su misura di Matteo quelle parole. Rimise il biglietto azzurro in tasca e continuò a camminare.

Arrivarono presto alla fine della tappa. Il paese era delizioso e l'aria vivace e fresca.

«Ma sai che oggi non sono per niente stanca?» disse Diana a Gaia.

«Neppure io» aggiunse Alice che le stava accanto. «Avrei continuato a camminare ancora. Incredibile. Che dici Gaia, sarà che ci stiamo abituando a tutti quei piccoli dolori che vengono fuori a noi vecchietti durante il cammino?»

«Sì!» rispose allegramente Gaia. Era sempre felice quando si intuivano le gioie del cammino. «Il dolore in cammino si percepisce non dico come un amico, perché direi una grande sciocchezza, ma ci prendi confidenza. Sai che camminando passa. E si limano anche le arrabbiature, i pensieri storti, le pendenze del cuore e i sassi pesanti che ci siamo portati dietro. Non vi sentite più leggere?»

«Hai ragione» disse Diana che aveva portato con sé i sassi più pesanti. «È proprio così. Avevo paura che il cammino e la solitudine aumentassero il peso dei miei problemi. Perché magari ci avrei pensato di più, fissandomi solo su questi. Ma non è così. Camminando sento il battito del cuore che mi segue e la testa che si svuota dei pensieri negativi».

«È bello quello che mi dici, Diana» le rispose Gaia. «Per me e Fabien è impagabile sentire che ciò che promette, il cammino mantiene. E non è uno slogan».

«Io ero ossessionata dal tempo, prima di mettermi in cammino» disse Alice che era stata ad ascoltare. «Sembrava che tutto mi sfuggisse, ero perennemente in ansia. Be', ieri – mi prenderete per pazza, lo so – mi sono messa a osservare quelle minuscole lumache che vanno avanti e indietro sulle stradine di campagna e spesso finiscono sotto i nostri piedi. Le avete presenti? Loro non se ne preoccupano. Di finire sotto uno scarpone o una macchina. Come potrebbero, del resto? Però mi hanno fatto pensare che anche noi uomini, di fronte al tempo, siamo come quelle lumachine. Mi sono sentita piccola come loro! Però anche meno ansiosa!»

«Sono diversi anni che faccio la guida» concluse Gaia. «E c'è una cosa di cui mi sono resa conto: il cammino ha sempre un'azione... io la chiamo "dissotterrante". Camminare per tanti giorni riporta alla luce qualcosa dentro di noi che avevamo dimenticato. Ricordi, paure, sogni, luoghi, profumi... ognuno ha qualcosa dentro, bello o brutto, che si è perso per strada. Ma camminando viene fuori, si riaffacciano i sogni che avevamo messo a tacere, gli amici dimenticati in qualche città lontana, i luoghi dove siamo stati bene, gli odori che ci riportano indietro... Misteri del cammino!»

Puntuale, arrivò anche quella sera la parola di Alessio per Giorgia. Ma solo alla fine della serata. Giorgia l'aveva dovuta cercare in un libro nello scaffale della canonica. Aveva dovuto aspettare la cena e che tutti andassero a dormire. Lei in bagno per ultima e poi la ricerca affannata della lettera. Per fortuna il libro era ancora lì, dove aveva detto Alessio.

La busta era sempre la stessa. Le parole sempre spine, seppure benefiche, per il cuore di Giorgia.

RESISTENZA. *Non avrei mai creduto di farcela a resistere tanto a camminare. Fra pochi giorni sarà tutto finito. E ho paura. E se fra un mese dimenticassi tutte le parole del cammino?*

In cammino ho sempre saputo cosa dovevo fare: resistere. Al dolore, all'ansia di arrivare dei primi giorni, alla mia testa che mi martellava di pensieri le prime due settimane, resistere alle forze che si oppongono al cammino, che ti fanno pensare che tu stia barando e che quando tornerai tutto sarà uguale...

Il giorno in cui mi sono arreso alla solitudine e alle lacrime mi è rimasto il cammino come compagno di viaggio.

Il migliore.

TAPPA 9 - 28,6 CHILOMETRI
Inseguimenti

Bagno Vignoni sembrava una cartolina immortale.

«La vasca termale resterà così. Sospesa, scolpita. Forse fino alla fine del mondo» disse Renato ad Alice, affascinato dalla bellezza del luogo che non aveva mai visto.

E poi venne l'antica strada romana, la vecchia Cassia.

«Queste vie romee» disse Gaia quando cominciarono il percorso «erano state abbandonate dopo la caduta dell'Impero romano. Nel Medioevo si iniziò a recuperarle perché i pellegrini che vi transitavano erano sempre più numerosi. E oggi molti di quei tracciati sono stati a loro volta recuperati per il passaggio dei moderni pellegrini. Insomma, stiamo camminando sulla storia!»

Il silenzio che seguì sentenziava il rispetto per quelle antiche vie e per quei viandanti così diversi, eppure così uguali.

Giacomo però non resistette. Doveva spezzare l'incantesimo.

«Bella. Bellissima la strada romana. Suggestiva, Gaia, davvero».

«Ma...? Mi sembra di cogliere un velo di ironia nelle tue sagge parole, Giacomo». Gaia aspettava divertita il colpo di grazia. E non era la sola.

«Ho avuto la tua stessa impressione, Gaia, ahimè» disse Renato, conoscendo il figlio.

«Insomma, che dire?» sbottò Giacomo. «Bella è bella, ma la civiltà è un'altra cosa. Si cammina malissimo su queste pietre. Il peso dello zaino raddoppia e il corpo perde il controllo: si va da una parte all'altra senza mantenere l'equilibrio perché le pietre, fra l'altro, sono di altezze diverse e non si riesce a calcolare come mettere i piedi e dove. Sì, la civiltà sta da un'altra parte, qui non ci passa. Ci sarà un motivo se noi civilizzati asfaltiamo le strade, no?»

«Sì, una spiegazione c'è» gli disse la madre con lo sguardo di chi avrebbe voluto fulminarlo. «Si chiamano macchine. I civilizzati le preferiscono al cammino. Ma questi sentieri non sono per le gomme delle auto, Giacomo».

«Nemmeno per gli uomini però, dai, mamma!» Giacomo non mollava. «Forse per i cavalli che hanno gli zoccoli, poveretti... Va bene la storia, va bene la poesia delle antiche vie romee, ma non fate più fatica a camminare qui sopra? Chi è che ha il coraggio di ammetterlo?»

«Io faccio più fatica» disse con un filo di voce Giorgia. Poi riprese fiato e continuò: «Ma è la fatica che mi aspetto, non la cambierei con l'asfalto. Mi piace stare idealmente accanto ai pellegrini che hanno percorso questa strada mille anni fa. Mi piace fare fatica se faccio la pellegrina».

Matteo per primo la guardò sorpreso. E sorrise orgoglioso, come se le avesse dette lui quelle parole che nessuno si aspettava.

«Grazie, Giacomo, sei fantastico!» disse allora Fabien con quel suo modo romantico e ironico di enfatizzare un concetto. «Ci hai regalato una dichiarazione d'amore di Giorgia per il cammino che ricorderò sempre».

«Io sono d'accordo con mia figlia!» aggiunse subito Diana.

«Grande, Gio'!» seguì a ruota Davide.

«Anch'io la penso come Giorgia» disse Alice.

«Va bene va bene, ho capito. Sono nettamente in minoranza» sbottò Giacomo con l'orgoglio ferito. Non voleva più sentire pareri.

«Be', non è detto...» disse allora Fabien. «Perché stasera non poniamo la questione su Facebook e su Instagram? Ho visto che in tanti ci seguono giorno per giorno e tifano per noi! Secondo me lì sarà più popolare la tua proposta di asfaltare le vie romee. La discussione potrebbe essere divertente».

«Vedremo» concluse Giacomo, che voleva solo troncare quella discussione in cui non era riuscito a convincere proprio nessuno.

Giorgia intanto conservava ancora il suo foglietto azzurro per Matteo. Aveva promesso a Vittoria che gliel'avrebbe dato. Senza se e senza ma. Dopo la pausa del pranzo lo chiamò e glielo porse, senza una parola.

«Che cos'è?» le chiese Matteo, che era ancora infastidito per l'atteggiamento di Giorgia del giorno prima.

«L'ho trovato alla tappa di ieri, all'ostello. Sono dei bigliettini che ha lasciato per i pellegrini una certa Monica. Non so chi sia. Ma questo mi ha fatto pensare a te» disse timidamente lei.

Matteo lo lesse. Sorrise.

«Somiglia al codice etico dei samurai. Lo conosci?»

«No, non sapevo neppure che ce ne fosse uno».

«Vedi che non sei così insensibile come sembri?» le disse Matteo serio serio. «Non lo conosci, ma lo percepisci esattamente com'è. Rettitudine, compassione, coraggio, etica nella battaglia sono le sacre regole della Via della Spada».

«Davvero sembro così insensibile?» chiese lei con una faccina triste.

«No... cioè, con me sì! Ma davvero lo hai preso per me?» Quando era felice, Matteo si confondeva con le parole.

"È così tenero" pensò Giorgia.

«Te l'ho detto. Sì» gli rispose senza guardarlo.

Matteo era felice come un bambino. Non era durata molto la sua arrabbiatura con Giorgia.

«Stasera ti riempirò di baci» le sussurrò piano piano. «Non vedo l'ora. Anche a me comincia a piacere essere un pellegrino, ma c'è troppa gente. Pensa che bello io e te da soli. Camminare e fermarsi a fare il bagno dentro i torrenti, dormire sotto le stelle, sempre vicini...» Matteo si zittì, ma riprese subito a parlare, la voce sommessa di una confessione importante e mai fatta ad altre: «Lo sai, vero, che mi sto innamorando di te?».

«Mat, io...» Giorgia non sapeva cosa dire. Le piaceva il suono di quelle parole, la dolcezza che le arrivava dentro quando le faceva sue, ma aveva paura che fossero fasulle. Lei ci metteva secoli per dargli un biglietto e lui come niente fosse le confessava di amarla, o giù di lì.

Non c'era una via di mezzo con Matteo.

«Non dire niente» le disse prendendole la mano e stringendola nella sua. La portò alla bocca e la baciò. «Ti conosco, so che non mi credi. Stasera. Stasera parliamo e capirai che non scherzo».

Stasera. La tenda! Giorgia in quel momento prese coscienza che non avrebbe dormito in nessun luogo dove poter trovare la lettera di Alessio. Come l'avrebbe recuperata? Doveva scoprire subito a chi l'aveva consegnata in questa tappa.

Quando Matteo si allontanò, Giorgia restò volutamente ultima e scrisse velocemente ad Alessio per conoscere il luogo della lettera.

Alessio le rispose dopo poco.

Ciao. Stasera la faccenda è un po' più complicata. La lettera l'ho data a Simona. È la figlia del proprietario del bar centrale della piazza del paese. È una ragazza con cui ho fatto amicizia e vorrei che tu la salutassi dicendole che la penso, anche da dove mi trovo. Solo questo. Lei capirà. Ti sta aspettando. Cheilcamminotisialieve.

Giorgia era gelosa e curiosa, allo stesso tempo, di incontrare Simona. Qualcuno, anzi qualcuna, che Alessio aveva conosciuto e dalla quale, si intuiva dalle sue parole, era rimasto colpito.

Restò pensierosa fino alla fine della tappa. Se Alessio era rimasto coinvolto da Simona, perché non l'aveva più sentita e chiedeva a Giorgia di salutarla? Qual era questo luogo dove sarebbe arrivato, alla fine del cammino? Era un mistero. Le sue supposizioni non quadravano.

I pensieri di Giorgia furono interrotti da Fabien che annunciò che erano giunti alla deviazione per raggiungere il campeggio. Decisero di andare tutti insieme a vederlo. Ragazzi, genitori e guide.

Il campeggio era a dir poco spartano. E piccolo. Ma le tende stavano in un posto magnifico. Erano posizionate in una radura con dietro un bosco fitto di querce e pini.

I ragazzi non vedevano l'ora di restare soli.

Giorgia era eccitata come gli altri, ma aveva un tarlo. Come avrebbe recuperato la lettera? Quella sera sarebbe passata senza le parole del cammino. Già le mancavano.

Fabien, senza saperlo, la rassicurò.

«Ragazzi, domani vi aspettiamo alle otto al bar centrale del paese».

«Quanto tempo dobbiamo calcolare per salire?» chiese Gus a Fabien.

«Circa un'ora. Meglio abbondare. Attilio stasera ha promesso che vi darà salumi, pane e formaggio. Andate a casa sua, è lì che serve la cena. Lo avete visto Attilio, non parla molto, è più abituato ai cani e alle pecore che agli umani.

Sarà una cena semplice ma abbondante. Poi domattina siamo d'accordo che avrete tè o caffè e pane e marmellata. Non salirete a digiuno. Ma, arrivati al paese, vi aspettano ancora cappuccino e cornetti!»

Dunque si sarebbero fermati proprio al bar centrale. L'indomani Giorgia avrebbe avuto la lettera. Doveva solo sperare che ci fosse Simona al bar! L'avrebbe letta l'indomani sera insieme a quella che avrebbe recuperato nella tappa di Acquapendente.

Ce l'avrebbe fatta ad aspettare tanto?

«Wow! Ci siamo solo noi qui!» disse Matteo appena gli adulti li lasciarono soli.

«Andiamo a cena? Io una certa fame ce l'ho!» disse Giorgia.

«E io no?!» le fece eco Viola. «Dai, andiamo?»

«Sarà troppo sperare in un piatto di pasta con il selvaggio?» tuonò Giacomo.

Gus rise. «Io mi accontento di pane e formaggio, sarà un selvaggio ma credo che il formaggio di pecora sia il suo forte».

Oltre al pane e al formaggio di pecora, Attilio servì pomodori e insalata dell'orto. I ragazzi, come al solito, spolverarono tutto.

Dopo la cena l'uomo li salutò velocemente e furono liberi.

Tornarono vicino al bosco dov'erano sistemate le tende.

«E adesso? Che si fa?»

Si ritrovarono stanchi morti, reduci da una tappa faticosa e da una cena abbondante. Anche senza pasta.

Giacomo aveva fatto la domanda e poi, dopo un'occhiata ai volti dei compagni di avventura, che mostravano già i segni del sonno, aveva cominciato a ridere.

Tutti lo seguirono a ruota.

«Non possiamo andare a dormire. Mi rifiuto» disse Viola.

«Dormire? Non ci pensate nemmeno» le fece eco Matteo.

«Sì, ma che si fa in questo pezzo di terra sperduta?» Giorgia si guardò intorno e vide colline, una strada in lontananza e, dietro di loro, il bosco fitto che sarebbe diventato presto buio.

Fu allora che lo videro. Uno strano animale. Piccolo, brutto, sgraziato. Col muso allungato. Era uscito dal bosco.

«Ehi... ma è un cinghiale!» esclamò Gus. «Noi li abbiamo nei boschi vicino a casa e li conosco bene. Quello è un piccolo di cinghiale. Ma se c'è lui, allora c'è anche la madre».

«Questo dettaglio mi preoccupa, Gus. Sei sicuro che si tratti di un cinghialino? Mica siamo in Maremma. Madonna quanto è brutto!» disse Giacomo, e cominciò a ridere.

«Non sarà un cinghiale maremmano ma è un cucciolo di cinghiale, non ho dubbi».

«Be', non è così brutto... Che dici, Gus? Si sarà perso?» chiese Viola.

«Forse. O forse sta semplicemente cercando cibo insieme alla madre. Potrebbero essere in esplorazione».

«Però qui potrebbe essere in pericolo. Ci sono i cani pastori, se lo vedono finisce male» osservò Matteo.

«Riportiamolo alla madre, allora». Giorgia si era lasciata intenerire dal piccolo cinghiale.

«Giusto, prendiamolo e portiamolo nel bosco, la madre lo troverà» disse Viola.

«O troverà noi ragazzi. E saranno guai. Per noi» osservò Giacomo. Stavolta il suo pessimismo non era fuori luogo. Il rischio c'era.

Il cucciolo intanto si era avvicinato a Giorgia. Alla ragazza venne spontaneo farsi seguire e cominciò a inoltrarsi nel bosco col cinghialino al seguito.

«Dai, torniamo a casa, piccolo» gli disse con tenerezza.

«Aspetta, Giorgia, meglio che segua me». Matteo cercò di chiamare l'animale con qualche moina per farsi seguire. Ma il cucciolo non se lo filava affatto e continuava a stare dietro a Giorgia.

«Ok, ti capisco» disse Matteo al cinghiale, sorridendo. «Allora, andiamo tutti?»

Giacomo vide Matteo inoltrarsi nel bosco con Giorgia e il cinghiale, e decise che li avrebbe seguiti.

Subito Gus e Viola si aggregarono.

Il bosco stava diventando buio. Più andavano avanti e più si infittivano gli alberi e l'oscurità. Poi il cucciolo cominciò a salire su una collina panciuta, dove gli alberi diventavano più radi. Adesso era il piccolo cinghiale a guidarli. Ogni tanto si accertava che Giorgia gli fosse accanto. Era incredibile. Si girava, l'aspettava e poi ripartiva. Giorgia non riusciva a staccarsi da lui.

«Fra poco arriverà la madre» diceva, e continuava a camminare in salita nel bosco seguendolo. Gli altri le erano dietro. Matteo le stava a fianco, ma tutti i suoi sensi erano in allarme, in attesa di sentire qualche rumore.

«Basta, Giorgia, dobbiamo tornare giù» le disse dolcemente a un certo punto. Ma prima che Giorgia rispondesse, tutti sentirono il verso di un cinghiale adulto: era inconfondibile, soprattutto per due scout come Viola e Gus, che si fermarono immediatamente, facendo segno di stare in silenzio.

Poi Viola disse sottovoce: «Mettetevi dietro gli alberi, scegliete tronchi grandi. Può essere uno solo in cerca del cucciolo, ma può anche essere un branco. Svelti!».

Solo il cucciolo non seguì il consiglio di Viola. Aveva evidentemente sentito un verso amico e cominciò a correre su per la salita. Poi si fermò. Si guardò indietro. Cercava Giorgia. La aspettava. Giorgia nel frattempo era insieme a Matteo, che la teneva stretta proteggendola dietro un grosso tronco.

Il cucciolo inaspettatamente tornò indietro: aveva sentito l'odore di Giorgia e voleva andare da lei.

Matteo afferrò Giorgia e la tenne ferma quando lei cercò di andare incontro all'animale. Il ragazzo diede un calcio al piccolo cinghiale che li aveva trovati e questo si mise a correre di nuovo verso la salita.

Un attimo dopo, una decina di cinghiali di grossa taglia si lanciarono in discesa a zig zag fra gli alberi. I ragazzi erano ben protetti dietro i tronchi. Muti e immobili. Videro che il piccolo fu recuperato da un grosso cinghiale che lo spinse via. In pochi minuti scomparvero.

Gus disse di aspettare a uscire fino a quando non fosse uscito lui. Aspettò circa dieci minuti e poi si mosse. Piano piano gli altri lo seguirono e, guardinghi, cominciarono a tornare indietro sul sentiero.

Arrivarono alle tende.

«In fondo è stato meglio così» disse Giacomo, rompendo il silenzio della paura. «Se Giorgia non l'avesse portato nel bosco, i cinghiali sarebbero arrivati fin qui pur di riprenderselo».

«Sì, è così, sono d'accordo con te. Ma che fifa, ragazzi!» sbottò Viola, ancora bianca dallo spavento e con il viso tirato come un lenzuolo appeso.

«Be', non sapevamo che fare e Giorgia ha provveduto» disse Gus con un sorriso rilassato, finalmente.

«Meno male che non ce l'avete con me! Forse sono stata un po' incosciente... Ma come si poteva lasciarlo solo?»

Matteo la guardò con tenerezza.

«È anche tornato indietro da te a un certo punto, da non crederci».

«Be', va detto che il calcione di Mat è stato provvidenziale, Giorgia!» rise Viola. «Altrimenti ti saresti trovata tutti i cinghialoni addosso!»

«Oddio!» disse Giorgia, rendendosi conto solo allora del pericolo che aveva corso. Sorrise a Matteo, grata che le fosse rimasto sempre a fianco. Matteo l'abbracciò e la tenne stretta a sé. Poi disse: «Dopo quest'avventura io propongo di andare a dormire. O abbiamo altre idee?».

«Potremmo arrampicarci sugli alberi, là in alto sulla collina, e aspettare l'alba e il risveglio del bosco». Non si capiva se Giacomo fosse serio o meno, mentre formulava la sua proposta.

«Auguri, Giacomino» gli disse Viola dandogli un bacio sulla guancia. «Io per stasera ho dato». E si diresse verso la sua tenda.

«Magari la prossima notte sotto le stelle, eh Giacomo?» gli disse Gus andando verso l'altra tenda.

«Magari, sì» rispose Giacomo seguendolo con un sorriso. «E voi due piccioncini che fate? Aspettate l'alba mano nella mano?» chiese infine a Matteo e Giorgia prima di chiudersi nella tenda.

«Arriviamo!» rispose Matteo.

Giorgia andò in tenda e chiese a Viola se poteva lasciarla sola per un quarto d'ora.

«Stai scherzando?! Se fosse capitato a me di trovarmi con uno come Mat in una notte stellata, nemmeno te l'avrei chiesto! Vaiiiiii!!!»

«Grazie, Viola, non staremo molto. Moriamo di sonno anche noi».

Non fece in tempo a richiudere la tenda che Matteo la prese per la vita e la portò lontano dalle voci degli altri.

Era una di quelle notti che capitano d'estate in campagna. La luna piena, il cielo che sembrava di cristallo. Le stelle che forse ti cadevano addosso.

Il vento faceva muovere appena i capelli di Giorgia. Matteo aveva preso con sé il sacco a pelo. Lo stese vicino a un albero non molto alto.

Giorgia si sedette e prese la mano di Matteo, ancora in piedi, attirandolo vicino a sé.

«Anche il cucciolo di cinghiale voleva rapirti» le disse Matteo, fermandole i capelli mossi dal vento.

«Mi seguiva... hai visto?!» sorrise Giorgia, ancora intenerita al ricordo. «Era così piccolo... Non poteva stare solo».

«E fra tutti, ha scelto te». Matteo lasciò stare i capelli di Giorgia e cominciò a carezzarle il viso. «La rosa bianca con tante spine».

«Ma no, con lui non c'era bisogno di spine» rispose lei con un sorrisetto furbo.

«Ecco, lo sapevo!» Cominciò a baciarla. «Perché con me invece ne senti tanto la necessità? Non vedi che non ne hai bisogno?»

«Non mi fido» gli rispose Giorgia ridendo.

«Allora guardami» le disse fermandole il viso sul suo. Era serio. «Non mi vedi?»

«Hai dei bellissimi occhi neri, lunghi lunghi» disse Giorgia sfiorandone il contorno con un dito, delicatamente.

«Che si sono persi dentro quelli di un fiore bianco. Mi sono innamorato di te, Gio'. Lo vedono tutti. Anche mio padre si fa un sacco di risate! Mi faccio sempre i film di noi due insieme. Io che ti vengo a prendere a Parma e tu che, finito il liceo, fai l'università a Bologna con me. Non sarebbe bello?»

«Matteo, a me mancano tre anni! Come fai a pensare così lontano?»

«Lo faresti anche tu, se fossi innamorata. Io non l'ho mai detto a nessuna, Gio'. Mi credi su questo almeno?»

«Cosa non hai detto a nessuna? Che vuoi fare l'università?» era troppo divertente prenderlo in giro quando era così scoperto.

«Sarà meglio zittirti. Vieni qui...» la baciò e fu diverso da tutti i baci che le aveva dato finora. Non che fossero molti.

Ma questo fu diverso. Nessuno dei due riusciva a staccarsi dalle labbra dell'altro. Si ritrovarono sdraiati, con il viso di Matteo sopra quello di Giorgia. Ma il bacio finiva e poi ricominciava. Era come parlarsi, era come guardarsi, era come innamorarsi.

«Va bene, forse faremo l'università insieme. Ma per forza a Bologna?» Giorgia era senza fiato.

«Io sono come il cucciolo di cinghiale. Ti seguo ovunque» rispose Matteo.

«E se poi io vengo a Bologna e tu mi lasci?»

«Io ti lascio solo in un caso: se mi dici bugie. Non mi piacciono le persone false. Solo in quel caso».

Giorgia pensò ad Alessio e al fatto che non aveva mai raccontato niente a Matteo, anzi, gli aveva tenuto nascosto tutto, fin dall'inizio. Le lettere e gli "appuntamenti" serali. I suoi pensieri su Alessio. Si sentì in colpa, ma in fondo, si disse, non erano bugie.

Non gli aveva neppure detto che era stata adottata.

No, in fondo non erano bugie. O sì?

«Che pensi, Gio'? Mi racconti tante bugie?»

«E tu?»

«Io sono come mi vedi. Voglio solo stare con te». Ricominciò a baciarla.

Giorgia sentiva le mani di Matteo che le carezzavano i capelli e il collo e pensò che le mani di Edoardo erano piccole e troppo magre in confronto alle mani grandi e delicate di Matteo.

«Me lo dirai anche tu, un giorno, che mi ami?» le sussurrò.

«Un po' te lo posso già dire» gli rispose Giorgia, stavolta senza ironia.

Matteo l'abbracciò forte, tenendo il viso di lei stretto fra il collo e il petto.

«Adesso torniamo, Mat. Viola è da sola».

«Va bene» rispose lui a malincuore.

Quando furono vicini alla tenda dov'era Viola, lui l'abbracciò ancora una volta: «Ti porto nel cuore, Gio', stanotte e tutte le notti» le disse prima di lasciarla. E Giorgia provò tanta tenerezza, come non aveva mai sentito, vicino al cuore. Si fidava, ora si fidava. Quella sera pensò che lui non le avrebbe mai potuto mentire.

Ma lei?

Il giorno dopo, la salita non finiva più. Ma le calorie non erano mancate. Pane e marmellata a volontà. Dopo un'ora arrivarono e Giacomo si buttò a terra baciando il suolo.

Gus rideva. Poi cominciò anche lui a baciare la terra.

E poi tutti e cinque si ritrovarono a baciare la fine della salita. Ridevano e non riuscivano più a smettere.

Dall'altra parte della strada, la carovana degli adulti si stava divertendo a guardarli.

A un tratto Viola li vide e cominciò a salutare sbracciandosi allegramente.

Fabien le fece cenno di attraversare e disse solo una parola: «Briocheeeeeeee!!!».

Giacomò si lanciò come un razzo e gli altri lo seguirono.

Arrivarono al bar e Giorgia si ricordò a un tratto di Simona. Ma lì non c'era nessuna ragazza. Solo un uomo e un giovane che doveva essere il figlio.

Giorgia non sapeva che fare. Come poteva rintracciare Simona? Se avesse chiesto all'uomo o al ragazzo tutti avrebbero sentito. E Matteo si sarebbe sentito tradito.

Doveva dirglielo. Ma doveva sbrigarsi.

«Mat, devo parlarti. Ora» disse e si fece seguire fuori. «Senti, fidati di me. Devo chiedere di una certa Simona che deve consegnarmi una lettera. Ti racconterò tutto oggi strada facendo, ok?»

«Che succede, Gio'?»

«Niente di grave. Ma devo rintracciare Simona. E tu mi devi aiutare».

«Va bene, Giorgia. Cosa devo fare?»

Lei lo avrebbe fatto? Si sarebbe fidata e messa subito a disposizione con la dedizione che le stava offrendo Matteo? Boh, inutile chiederselo, pensò rientrando nel bar.

Giorgia si presentò e disse al ragazzo che stava cercando Simona da parte di Alessio.

«Ah, Ale! Come sta?» le rispose dandole la mano. «Io sono Luca, il fratello di Simona. Adesso te la chiamo, è in cucina». Poi tornò indietro e le chiese curioso: «È per la lettera, vero? Dobbiamo darla a te? Parola d'ordine?».

«Sì, sono io» rispose Giorgia. «Il cammino ti sia lieve» disse a bassa voce.

Matteo era muto. Non capiva niente di quello che stava avvenendo e cominciava a innervosirsi.

Un secondo dopo venne fuori una ragazza alta e in carne. Bionda con gli occhi verdi. Era proprio bella Simona. Diede la mano a Giorgia e poi si girò verso Matteo, che si presentò anche lui.

Intanto gli altri stavano fuori, seduti e intenti ad ascoltare il racconto del piccolo cinghiale dalle labbra di Gus, Viola e Giacomo. Le madri e i padri erano con gli occhi spalancati dalla paura e dall'ansia, anche se tutto ormai era passato.

Simona disse a Giorgia: «Alessio è speciale. Se lo vedi, salutalo. Ha promesso di tornare a trovarmi. Lo aspetto, diglielo!».

«Grazie, Simona. Anche lui ti saluta. Mi ha detto di dirti che ti pensa. Glielo dirò, che lo aspetti».

Giorgia mise nello zaino la lettera di Alessio, baciò la ragazza e uscì assieme a Matteo.

Dopo pochi minuti ripresero tutti insieme il cammino. Un'altra tappa li aspettava.

Giorgia aveva la lettera di Alessio. Di questo era felice, molto felice.

Matteo, invece, camminava in silenzio. Non le era più accanto. Non la cercava. Giorgia capì che toccava a lei.

TAPPA 10 - 23,8 CHILOMETRI
Addii

Quando si dice addio all'incanto della Val d'Orcia, lasciando che scompaia alle spalle, si costeggia per un tratto il fiume Paglia e si lascia la Toscana. Si entra nel Lazio.

«Te lo ricordi il libro che mi regalò Fabien? Quello del *bookcrossing*?»

«Sì, me lo ricordo» le rispose Matteo asciutto.

Giorgia fece un sospiro. Raccontare di Alessio le costava, perché stava rompendo un patto: non avrebbe dovuto saperlo nessuno. Ma non poteva tenerlo ancora nascosto a Matteo. Ormai ci teneva troppo a lui.

«C'era una lettera. Era di un ragazzo che si chiama Alessio e ha fatto la Francigena come noi...»

Giorgia raccontò di ilcamminotisialieve e delle lettere che aspettava sera dopo sera. Del patto di non dirsi nulla di più delle parole del cammino. Gli raccontò tutto.

Matteo era incredulo.

«Perché non me l'hai detto subito?»

«Era un patto con Alessio. Avevo promesso».

«Hai fatto una promessa a uno che nemmeno sai com'è fatto. E a me adesso lo hai detto solo perché non potevi più mentire. Ti avrei visto parlare con Simona. Altrimenti avresti continuato a dire balle».

Giorgia restò in silenzio. Era vero, in effetti.

«Mi dispiace, ma avevo promesso. C'era un patto fra me e Alessio».

«Che, ripeto, nemmeno conosci. Ok» disse Matteo, scuro come non l'aveva mai visto. «Anche fra noi c'era un patto, almeno per come la vedo io. Ieri sera ti ho detto come la penso sulle bugie. C'è altro?»

«Che vuoi dire?» Giorgia aveva il fiato corto e non era per la salita.

«Non hai spezzato il patto solo con il tuo Alessio. L'hai spezzato anche con me, per quanto mi riguarda».

«Matteo, ma che dici? Stai esagerando» Giorgia era quasi offesa per il tono accusatorio di Matteo. «Tu salti subito alle conclusioni, come al solito» gli disse con durezza.

«Sarà» rispose lui ancora più arrabbiato per l'accusa di Giorgia. «Ma io la penso così». Allungò il passo, lasciandola sola.

A un tratto a Giorgia sembrò di camminare nel vuoto. Era di nuovo sola. Si era abituata a pensarsi con Matteo. Ma adesso era finita. In quel modo assurdo. Era iniziata all'improvviso e allo stesso modo era finita.

Mentre camminava, affondando le mani nelle tasche, sentì la lettera di Alessio. Nonostante tutto, pensò alle parole di Alessio come a un luogo dove rifugiarsi, e fu contenta di avere due lettere quella sera.

Adesso doveva solo capire a chi Alessio aveva consegnato le parole della tappa che aveva appena iniziato. Nel peggiore dei modi.

Diana si avvicinò a Giorgia poco dopo che Matteo l'aveva lasciata sola.

«Come va, Gio'? Ti sei divertita ieri sera? Giacomo ci ha raccontato dei cinghiali. Chissà che paura...»

«Ma no» rispose Giorgia ancora distratta dal pensiero di

Matteo e Alessio. «Eravamo dietro gli alberi. I cinghiali nemmeno ci hanno visti. Cercavano solo il cucciolo, non sono aggressivi».

«Sarà, ma io ho avuto i brividi quando Giacomo raccontava. E con Matteo come va?»

«No... non va. Però non ne voglio parlare, scusa mamma».

«Non mi racconti mai niente... Almeno dimmi del cammino. Ti piace?»

Giorgia sospirò. Era inevitabile. Non poteva sempre sottrarsi alle domande della madre. E non era nemmeno giusto rispondere bruscamente, come le veniva da fare.

«Ho scoperto che camminare mi piace» disse lasciandosi andare. «Non so, mi sembra che il cammino ci unisca agli altri, anche agli estranei. Nella vita normale non succede».

«È vero...» La madre ora la guardava come se volesse accertarsi che fosse proprio lei: era la stessa Giorgia che sbatteva la porta di casa perché non voleva più i genitori adottivi? «La sai una cosa? Mi sembra la cosa più bella che ho sentito sul cammino».

Giorgia sorrise. «Grazie» le disse. Poi le chiese, come se fosse la domanda più naturale del mondo: «E con papà come va?».

«Be', riusciamo a parlare. A sorriderci. È un lento riconoscerci, riascoltarci. La parola "perdono" sta entrando nel mio vocabolario del cammino».

«Speriamo» disse Giorgia.

La parola "perdono" l'aveva riportata a Matteo. Si intristì. Lo guardò tanti passi davanti a lei: stava parlando con il padre, forse gli stava dicendo quello che era successo fra loro due.

Le mancava. Diana capì quello sguardo, ma non disse niente. Sapeva che Giorgia non ne voleva parlare e rispettò il suo desiderio.

Il silenzio fu spezzato da Viola che cominciò a chiamare Gus come una forsennata.

«Gusssss!!! Una notizia fantastica!»

Gus era davanti a lei e stava parlando con il padre. Si fermò ad aspettarla.

«Che notizia? Tuo padre?»

«Nooo! Quello no. Torna Raffi, stasera!!! Ci viene a trovare e cammina con noi fino a Bolsena. Mi voleva fare una sorpresa, ma poi non ce l'ha fatta a non dirmelo. Non è fantastico?»

«Yesssss!» disse Gus felice per come Viola era felice. «Allora stasera si festeggia!»

«Gaia, dove dormiamo stasera? Raffi viene a trovarci e chiede se prenotiamo anche per lei» disse Viola che aveva visto Gaia camminare dietro di lei.

«Fantastico. Siamo all'ostello del paese. Molto spartano, mi dicono. Però è nuovo. Non ci siamo ancora mai stati io e Fabien».

«Be', dopo la tenda, e senza doccia, per noi la camerata sarà un albergo a quattro stelle» rise Viola.

«La doccia è assicurata. L'ho chiesto. Hanno due bagni a piano, dunque nemmeno tanto male».

«Che lusso!» se ne uscì Gus. «A me però la tenda non dispiaceva».

«Nemmeno a me e Giorgia» disse Viola. «Però la doccia eccome se ci è mancata!»

Gus guardò Giacomo, che gli si era affiancato. «Che dici? A noi è mancata la doccia?» chiese all'amico strizzandogli l'occhio.

«Eehhhhh! Altroché! Non ci ho dormito...» rispose Giacomo serissimo.

«Siete delle bestie, voi uomini. Anche con gli scout... i ragazzi sono sempre contenti quando l'acqua è poca. Lasciano subito le docce a noi femmine. Puzzoni» rise Viola.

«A che ora arriva Raffi?» chiese Gus.

«Spera di essere lì per cena. Non vedo l'ora. Quanto manca, Gaia?»

«Poco, solo una decina di chilometri».

«E ti pare poco?» commentò Giacomo.

«Non fare il lavativo, Giacomo, perché non è da te. Vediamo, secondo te una tappa giusta quanto dovrebbe essere lunga?»

Giacomo aspettò un po' prima di rispondere. Valutò e poi disse senza ombra di ironia: «Secondo me 27 chilometri è un percorso giusto».

«Perché 27?» gli chiese la guida.

«Con meno non fai fatica e diventa una passeggiata romantica. Invece il cammino è per gente tosta».

«Ma non era roba da femminucce, il cammino? Così dicevi all'inizio» gli disse Viola sarcastica.

«Be', ho cambiato idea. Meno di 27 è roba da femminucce. Senza offesa per nessuna di voi ragazze, che siete toste a oltranza. È solo un modo di dire. Oltre è per uomini duri. Io non sono né l'una né l'altro, e dico 27».

«Uomini duri, femminucce... sei arcaico, Giacomo. Usi un linguaggio fasullo. Non me l'aspettavo da te» gli disse Viola delusa.

Giacomo diventò rosso. Colpito e affondato.

«Sono umano anch'io, in fondo» replicò, cercando di scherzare. Ma poi diventò serio. «Hai ragione. Stereotipi a raffica. Scusa, Viola...»

«Dai, ti perdono» disse la ragazza sorridendogli con tenerezza. «A volte anch'io esagero. Sono sensibile alle parole, troppo, forse».

«Io comunque la penso come Giacomo» intervenne Gus, che voleva alleggerire il discorso. «I chilometri perfetti per una tappa sono 27».

«Anch'io sono d'accordo con voi» commentò Gaia. «Ma

dipende dalla difficoltà della tappa. Comunque, in media ne facciamo meno».

«A me, se proprio ve lo devo dire, vanno bene così! Sarò anche una femminuccia, ma 24 chilometri è la tappa perfetta per me... e per i miei piedi!» concluse Viola con uno dei suoi grandi sorrisi.

Alessio aveva risposto a Giorgia. Avrebbe trovato la lettera dal parroco del paese, don Fabio. Giorgia pensò che dopo la doccia all'ostello ci avrebbe fatto un salto. Ma prima doveva sentire Vittoria. Doveva dirle che lei e Matteo si erano lasciati.

«Lo sapevo che questo Alessio del cavolo ti portava sfiga!» Vittoria era arrabbiata con Giorgia, ma lei se lo aspettava. «Insomma Gio', ha pure ragione Mat, lo capisci o no? Certo che uno che ha le palle si stranisce se pensa che la sua ragazza gli nasconde un segreto su un altro. Ma che ti costava dirglielo?» Vittoria non aspettò che Giorgia rispondesse. «Senti, adesso promettimi che strisci e chiedi perdono, perché Matteo aspetta solo questo. Lo sai come sono fatti, basta una parolina dolce, qualche "scusa" e "mi dispiace"... Non aspetta altro, e poi ha pure ragione. Prometti che lo farai? Perché lui ti piace un sacco, vero?»

La voce di Vittoria si era addolcita solo alla fine, non ce la faceva a strapazzarla di più.

«Sì, mi piace, è vero. Ma non credo che...»

«Non cominciare col tuo orgoglio del cavolo! Prometti di strisciare e chiedere perdono fino a che non avrai più voce. Me lo prometti?»

Silenzio. Ma prima che Vittoria riaprisse bocca, Giorgia le rispose, sapendo di mentire: «Ok, lo farò».

«Brava, fammi sapere come va, ok? Ci sono sempre io, comunque. Io non smetto di volerti bene».

Quando scese trovò tutti i ragazzi che stavano salutando Raffi.

«Eccoti, Gio'!» le disse Viola al settimo cielo. «Ti ho cercata dappertutto... È arrivata Raffi e voleva salutarti».

«Scusate, ero al telefono con la mia amica Vittoria. Che bello rivederti Raffi!» disse Giorgia abbracciandola.

«Ragazzi, mi siete mancati tutti!» esclamò Raffaella con il suo entusiasmo contagioso. «Domani farò un'altra tappa con voi e poi mi fermerò a Bolsena. Da lì mi aspettano a Viterbo, che sarà la vostra tappa successiva, ma io da Bolsena fuggirò in corriera la mattina presto perché devo essere a Viterbo in mattinata per le prove dello spettacolo. Insomma, una casinista come al solito! Adesso vado su a posare tutto e poi vi raggiungo, mi aspettate per cena?»

«E ti pare che ce ne andiamo senza di te?» le disse Viola.

Raffi salì in camerata. Giorgia guardò Matteo, che ricambiò lo sguardo, ma per poco.

Giorgia doveva andare dal don. «Viola, devo sbrigare una cosa... una commissione, poi torno. Mi aspettate?»

«Sì, certo» rispose Viola.

Giorgia si girò verso Matteo. Tutti notarono il suo imbarazzo mentre diceva: «Matteo, ti va di accompagnarmi?».

Lui, silenzioso fino a quel momento, rispose con gentilezza ma freddamente: «No, sono troppo stanco per camminare ancora. Ti aspettiamo».

In quel momento fu chiaro a tutti che era successo qualcosa fra Matteo e Giorgia. Lei se ne andò a testa bassa, visibilmente triste. E Viola fulminò Matteo con lo sguardo. Stava per dirgli qualcosa, ma Gus lo capì e la fermò portandola via.

«Ma è scemo? Prima l'adora e poi la tratta così?» Viola era furiosa.

«Può darsi, però lasciamo che se la sbrighino tra di loro.

Dai, andiamo a fare una passeggiata con Giacomo prima che scenda Raffi».

«Ok Gus, ma se continua a fare il fesso con Gio', io glielo dico».

«Non ho dubbi» disse lui rassegnato alla furia salvatrice di Viola.

Giorgia rientrò all'ostello con la lettera, ma aveva fatto tardi. Il don era simpaticissimo ed era stata con lui a chiacchierare più del previsto. Don Fabio salutandola le aveva augurato di incontrare Alessio dopo il cammino.

«Quando mi ha spiegato cosa voleva fare, gli ho dato del matto. Ma adesso capisco che Alessio è un matto illuminato. Buon cammino dentro e fuori la Francigena, Giorgia» le disse infine congedandola.

La cena fu un disastro. Fingere di stare bene fu terribile. Matteo era più taciturno del solito, ma sembrava a suo agio. Più di lei che faceva fatica a sorridere. Quando si diedero la buonanotte, lei fu sollevata.

Aveva con sé due lettere.

La prima parola era quella della tappa di Radicofani.

PERDERSI. *Oggi ho camminato solo, senza bussola, cartina e cellulare. D'accordo con gli altri, sono partito un'ora prima. Con pochi euro, acqua e due mele.*

Oddio, sono in Toscana, mica in Alaska. Difficile perdersi. So che non sto compiendo nessuna impresa. Ma vale la pena, mi ero detto, camminare un giorno senza la sicurezza della tecnologia, senza la sensazione di essere dentro un videogioco dove il cellulare ha sempre l'ultima parola. Così, potevamo averla solo io e il mio fantastico intuito!

Lo zaino non pesa stamattina. Mi sento bene. Mi sento libero. Nel bosco gli uccelli mi seguono con il canto. Ce n'è uno che passa di albero in albero e mi segna la strada. Ci parliamo, io e lui. Mi dice che sua sorella ha un problema. È innamorata di un gabbiano che ha incontrato al mare. Ma lui è sempre in viaggio. È un gabbiano pellegrino. E non si vuole fermare. Nemmeno per lei. Lei ci sta malissimo, mi dice. Anche tu sei un pellegrino? Mi chiede. È curioso. Gli racconto la mia storia e gli dico che sono felice. Perché anche tua sorella non diventa un uccello pellegrino? È divertente. No, mi dice lui. Mia sorella ha paura, conosce solo questo bosco e si trova bene solo qui. Ha paura di quello che non conosce. Peccato, gli dico io. Esco dal bosco e lui saluta cinguettando. Spero che a tua sorella venga voglia di conoscere altri boschi, gli dico salutandolo.

Poi arriva il guado. Ha piovuto e l'acqua è alta. Provo a sondare il passaggio. Dopo diverse prove di abilità... cado e sono fradicio. Cominciamo male. Meno male che mi ero tolto lo zaino per capire quanto fosse alta l'acqua. Perdersi ha tante sfaccettature. Invece di perdermi nei boschi, mi perdo di fronte a un guado. Non riuscire a superarlo mi fa imbestialire. Scateno le ire del viandante contro chi fa passare i camminanti in quel punto. Che faccio? Torno indietro? Prendo in seria considerazione la possibilità. Ma arrivando non ho visto cartelli di deviazioni. Le indicazioni ufficiali ti fanno arrivare proprio in questo punto. Cammino per un breve tratto sulle sponde in cerca di un punto migliore. Niente.

Non ho idea di quanto sia profondo il torrente al centro. Comincio a buttare pietre in mezzo per capirlo. In effetti è abbastanza profondo da bagnare lo zaino se decidessi di passare. Bagnare ciò che è dentro lo zaino è stupido. È la prima regola. Devi avere cambi asciutti, pellegrino.

Che si fa? Mangio una mela e bevo. Ho un residuo di bustina di zucchero. Magari mi darà le energie sufficienti per pensare a un'altra soluzione. Invece si mette a piovere.

Noooooo! Ho paura, paura di aver fallito, di non farcela, di dover tornare indietro e proclamare la resa. Mi viene da piangere, poi da ridere.

Poi arriva lei. È una pellegrina come me. Ma è serena.

Ti ho visto qui da lontano e ho capito che eri in difficoltà. Qui non si riesce a passare. Bisogna aggirare l'ostacolo. Vieni con me. Farai due chilometri in più, ma passerai.

Mi affido a lei. Intanto ha smesso di piovere. La mia salvatrice avrà dieci anni più di me. Ma ha fatto la Francigena alla mia età, con suo fratello più grande, senza cartina e senza cellulare.

Guado alle spalle. Guardo il bosco che resta lontano. Spero che la sorella del mio amico canterino ritrovi il suo gabbiano pellegrino. Spero che le venga voglia di entrare in un bosco sconosciuto.

Giorgia non aveva mai pianto per nessuna delle parole di Alessio. Ma "perdersi" era una parola speciale. Chissà perché le aveva restituito la leggerezza di Matteo, la sua dolcezza. Chissà se lui pensava a lei in quel momento. E Alessio? A chi penserà in queste sere? E dove sarà?

Piangere le faceva bene. In fondo che male c'era?

A un certo punto sentì russare da due letti diversi. Uno era Giacomo e l'altro era un suono che conosceva, quello di suo padre. Le venne da ridere e smise di piangere. Almeno soffiarsi il naso in quel casino non era un problema. Suo padre sembrava un treno e Giacomo un'aspirapolvere difettosa.

Si girò nel letto e prese da sotto il cuscino la seconda lettera di Alessio. Quella della tappa odierna.

Strade. *Perché c'è un cammino che non farai se non lo vai a cercare... Io non volevo andare in cammino. Le strade erano finite per me. Cercare non volevo cercare, perché per trovare, il destino mi aveva già trovato. Che senso aveva cercare qualcosa in cui non credi? Cosa c'era dentro il cammino? Mi raccontavano della salvezza. Fanculo la salvezza, dicevo.*

Mi raccontavano la redenzione. Fanculo anche la redenzione.

Non ho trovato salvezza, né redenzione. Però le ho cercate. Ma ho trovato pietà, per me stesso. Per le strade che avevo percorso sprecando tempo e per il tempo sprecato che non ritorna.

Perché ci sono passi che non farai...

E ci sono strade che non troverai se non ti metti in cammino.

TAPPA 11 - 20 CHILOMETRI
Misteri

Per buona parte della tappa il lago aveva fatto compagnia da lontano ai pellegrini. Vista spettacolare e vasti campi coltivati. Quel giorno avevano mangiato all'ombra di un fienile. Poi avevano ripreso il cammino.

Giacomo se ne era stato a lungo da solo. Alla fine, però, si era deciso e aveva raggiunto Matteo.

All'inizio i due fratelli non parlarono. Ma Matteo a un certo punto disse a Giacomo: «Mi segui?».

«Sai com'è... la strada quella è» rispose l'altro. Poi decise di andare dritto al punto. Esattamente quello che si aspettava Matteo. «Perché hai rotto con Giorgia? Eravate quasi belli insieme. Lo so che non sono affari miei».

«Giusto» rispose Matteo con indifferenza. «In effetti non sono affari tuoi».

«Non so tu, ma lei ci sta male. Si vede».

Matteo conosceva Giacomo. Non se ne sarebbe andato. E poi lui aveva bisogno di sfogarsi.

«Nemmeno io mi diverto» rispose. «Ma... mi ha nascosto delle cose. Non sopporto le balle».

«Ah, già» disse il fratello con sarcasmo. «Matteo è quello del bianco e nero. Della spada lucida come l'anima immacolata e del viso da angelo. Io ti conosco. Sei cotto di Giorgia. Ti è piaciuta subito. E adesso per una stronzata, e lo dico con cognizione di causa perché ti conosco, ti sei messo in testa che ti ha deluso. Giusto? Ma i samurai erano davvero tutti delle teste di cavolo come te?»

«Ma se nemmeno la conosci Giorgia! Magari è la tipa più falsa della terra. Che ne sai?» disse Matteo infastidito.

«Si vede com'è Giorgia. E conosco te. Fai come ti pare, ma secondo me stai facendo una cazzata. E non voglio nemmeno sapere che balle ti ha raccontato. Magari non poteva dirti la verità. Capita agli umani, Matteo. Non so ai samurai, ma a noi umani sì».

Si allontanò, lasciandolo solo.

Matteo cercò istintivamente Giorgia. Non c'era davanti, insieme al gruppo dei grandi. Si girò e la vide dietro. Era con Raffi e Viola, in mezzo a loro. I capelli che svolazzavano e le mani a fermare il cappello che il vento voleva portare via.

Le vide entrare nella chiesetta affrescata che lui aveva appena superato. E se Giacomo avesse ragione? Non aveva voluto sentire niente, Matteo. Aveva puntato l'indice su Giorgia e amen. Non ci aveva capito niente di quello che era successo, in fondo. Si era arrabbiato perché Alessio era importante per lei, lo aveva capito. Era deluso. Ma in fondo aveva solo giudicato, non le aveva dato neppure il tempo di spiegarsi.

Se Matteo avesse potuto vedere dentro la chiesa, avrebbe visto Giorgia piangere fra le due sorelle.

Un'ora prima aveva ricevuto sul cellulare una mail di un certo Pino. Le aveva scritto sull'account che Giorgia aveva aperto sul blog per rintracciare la madre. Pino diceva di sapere tutto della sua storia, perché era un infermiere dell'ospedale dove la madre l'aveva abbandonata. Aveva letto per caso il messaggio del blog e aveva ricostruito tutto. Si ricordava benissimo della madre di Giorgia e ci aveva parlato a lungo prima che lei decidesse di non riconoscerla. Le proponeva di vedersi di lì a un paio di giorni perché poi lui sarebbe partito. Altrimenti dopo le vacanze, a settembre.

Giorgia era sconvolta. Doveva parlarne con qualcuno. Aveva cercato subito Vittoria ma aveva il cellulare spento. E poi comunque lei era lontana. Alla madre e al padre non poteva dire niente. Non del blog, né tantomeno della ricerca della madre. Ci avrebbero sofferto, non voleva. Pensò che il cammino le aveva mandato Raffi quel giorno. Con lei si era subito creato un feeling. La cercò, insieme a Viola. Restarono indietro, sempre più indietro. C'era una piccola chiesetta e lì si fermarono. E alla fine lei riuscì a sfogarsi. Raccontare la sua adozione. Raccontare la sua ricerca. E poi Pino...

Raffi per una volta restò senza parole.

Viola no. «Giorgia, io ti capisco. Anch'io l'avrei fatto al posto tuo. Sei sicura che non ne vuoi parlare ai tuoi? Sono persone dolci, secondo me capirebbero».

Ma Raffi non era d'accordo. «No, Viola, in questa fase meglio di no. Sarebbero sconvolti da questa cosa».

«Sì, è così» rispose Giorgia. «Non me la sento ancora. È che vorrei incontrare questa persona. Non posso aspettare fino a settembre. Non ce la faccio... Devo tornare a casa!» Giorgia era disperata.

«Se dici ora che vuoi tornare indietro devi dare ai tuoi delle spiegazioni, Gio'» cercò allora di farla ragionare Raffaella. «E non puoi mentire loro, sarebbe veramente brutto a questo punto».

«Sì, ma io devo tornare, non c'è altro modo» continuava a dire Giorgia. Sembrava in trance. Cercarono di farla ragionare, ma non c'era verso. Voleva tornare a casa e basta.

Viola capì che solo una persona avrebbe potuto calmarla. Uscì e chiamò al cellulare Matteo.

«Aspettami, ti devo parlare, sono con Giorgia e Raffi, ti raggiungo» gli disse soltanto.

Matteo cominciò a tornare indietro: aveva sentito la voce di Viola e non era tranquillo. Sentiva che si trattava di Giorgia.

«Dove sta Giorgia? Che succede?» chiese Matteo a Viola non appena si incontrarono. Non le aveva dato il tempo di aprire bocca.

«Non voglio sapere che cosa è successo fra voi due, ma adesso ha bisogno di te. Devi andare da lei. È nella chiesa con Raffi. Bisogna farla ragionare. Ma è meglio che ti dica tutto lei. Non lo sa che ti ho chiamato...»

Matteo non chiese nient'altro. Si avviò svelto verso la chiesa e Viola lo raggiunse. Entrarono insieme. Quando Giorgia lo vide, si alzò in piedi e gli diede le spalle. Non voleva far vedere che piangeva.

«Viola...» disse solo, a mo' di rimprovero.

Matteo fece segno a Raffaella e Viola di lasciarli soli. Poi la raggiunse, la fece voltare e le asciugò le lacrime.

«Che hai, Gio'? Non voglio vederti piangere».

«Più che altro non volevi proprio vedermi più, a quanto ho capito. Che ci fai qui? Che c'entri con me ormai? Vattene».

«Non me ne vado. Lo sai che non me ne vado, Gio'... Dimmi chi o cosa ti sta facendo male. Lo sai quanto ci tengo a te» le disse alzandole il viso verso il suo.

«E perché? Sono una raccontaballe. Hai ragione tu. Quindi che vuoi ancora da me?» lo sfidò lei, guardandolo dritto negli occhi.

«Voglio stare con te, Giorgia. Voglio che tu mi dica che succede. Non me ne vado senza di te. Mi conosci, sai che non mollo».

«Ma hai mollato me, te lo ricordi?» disse ancora lei con tono sarcastico. Poi alzò le spalle: «Ma adesso non ha più importanza...».

Matteo la prese per mano e la fece sedere. Poi le si mise accanto.

Entrarono due pellegrini. Fecero il segno della croce e se ne andarono.

Matteo le si rivolse sottovoce: «Gio', che c'è? Dai...». La incoraggiò a parlare, scostandole i capelli dagli occhi.

Dopo qualche minuto di silenzio, Giorgia iniziò a raccontare.

«Non ti ho detto di me un'altra cosa. Non era Alessio il mio unico segreto. Io sono stata adottata. I miei veri genitori non sono Diana e Davide» disse Giorgia aspettando la sua reazione.

«Io ho un amico che è stato adottato» rispose come se niente fosse Matteo. «È felice dei suoi genitori adottivi. Mi pare che anche tu sia stata fortunata. Diana è fantastica e Davide è in gamba. Mi sembrano proprio a posto. Perché è un problema?»

«Non sono loro il problema, infatti» rispose Giorgia. Il suo tono era ancora aggressivo. «Sono io. Come sempre».

«Perché dici così?» le chiese pazientemente Matteo.

«Ho cercato i miei veri genitori. Mia madre. Voglio sapere chi è. Voglio sapere perché mi ha mollata in un ospedale senza nemmeno darmi un nome» cercò di controllare il tono della voce e, senza piangere, riprese a spiegare. «Ho scritto su un blog dove scrivono tutti gli sfigati come me, che non sanno come è fatta la propria madre biologica. Scrivono alle madri di avere compassione e svelare la verità. Si vive male pensando di essere stati rifiutati appena nati» disse infine con un filo di voce, ma senza più lacrime.

Gli raccontò della risposta arrivata quella mattina e del fatto che lei doveva assolutamente vedere questo Pino.

«Devo tornare a casa» ricominciò a dire come un mantra.

Matteo non le disse niente, la lasciò sfogare attirandola a sé. Il suo abbraccio cominciò a sciogliere l'ansia di Giorgia che si trasformò in lacrime.

In quel momento entrò un gruppo di pellegrini. Erano belgi. Qualcuno rise vedendo i due ragazzi abbracciati. Poi capirono che Giorgia non stava bene e fecero per andarsene. Matteo li fermò. Anche loro avevano diritto a visitare quel luogo.

I due ragazzi uscirono e andarono vicino a un faggio dietro la chiesa.

«Senti Gio', ci andrei io, ma come te non posso abbandonare il cammino. Però tu hai una persona che può incontrare questo Pino al posto tuo».

«E chi sarebbe?»

«Vittoria. La tua amica. Mi hai detto quanto siete legate. Se le spieghi la situazione e le dici di fingersi te, magari incontrando il tipo in un bar, in mezzo alle persone, puoi controllare tutto da qui. Vittoria è la persona di cui ti fidi di più al mondo, me lo hai detto tu. E allora perché non chiederlo a lei? Sono certo che lo farà e senza troppi problemi, da quello che mi hai raccontato è una tipa sveglia».

Giorgia taceva. Ma più ci pensava e più capiva che Matteo aveva avuto una buona idea. Vittoria avrebbe accettato e di lei si fidava più che di se stessa.

In quell'istante, il cellulare vibrò. Era Vittoria. Giorgia mostrò il nome apparso sul telefono a Matteo.

«Diglielo, Gio'. Stai tranquilla, io resto con te. Aspetto qui».

Giorgia cominciò una telefonata fiume con Vittoria: piangeva, rideva, urlava, ringraziava. Alla fine salutò l'amica e le disse con tenerezza: «Grazie. Ti voglio bene, amore mio».

Matteo sorrideva, sapeva che le donne erano più espansive fra di loro. Lui e i suoi amici al massimo si mandavano a quel paese quando si salutavano.

«È andata bene?» le chiese con cautela.

«Sììì! Avevi ragione tu. Vittoria non ci ha pensato un attimo. Mi ha detto subito che era una grande idea e che andrà senza problemi».

«Le hai detto di vedersi in un bar o comunque un posto dove c'è gente? In fondo che sappiamo di questo tizio?»

«Sì sì, ma anche lei ci aveva pensato. Vittoria è avanti» rispose Giorgia pensando all'amica. «E poi tanto sono io che fisso l'appuntamento. Dirò a Pino di andare al bar del grande magazzino dove ci incontriamo qualche volta io e Vittoria. Gli scrivo subito e gli dico che ci possiamo vedere già domani mattina. Vittoria è libera domani».

«Bene, allora scrivi. Poi dobbiamo andare, altrimenti gli altri si preoccupano se non ci vedono tornare».

Giorgia inviò la mail e Pino rispose all'istante. Le dava l'ok su luogo e orario. Avrebbe messo una camicia blu per farsi riconoscere da lei. Giorgia riferì tutto a Matteo. Sembrava già un'altra. Sembrava più leggera. Aveva di nuovo il sorriso sulle labbra.

«Ok, ora andiamo Matteo, dopo scrivo a Vittoria i dettagli dell'incontro».

Matteo l'aiutò a rimettersi lo zaino sulle spalle. Poi tornò indietro a prendere i bastoni che avevano dimenticato nella chiesetta.

«Ci sono. Vieni qui solo un momento» le disse prima di avviarsi. Giorgia era già qualche passo avanti, ma tornò indietro.

«Scusa, non ti ho ringraziato» disse a Matteo sorridendogli.

Ma lui neppure l'aveva ascoltata. Aveva in mente solo una cosa. Le disse: «Saluterai anche me così quando ci telefoneremo, Gio'?».

Lei non capiva. Lui le prese la mano, stringendola. Lo faceva spesso.

«Come hai salutato Vittoria. 'Ti voglio bene, amore mio'. Lo farai?»

«Non credo» rispose lei asciutta. «Vittoria non mi ha mai lasciata dandomi della raccontaballe».

Matteo le lasciò la mano. «È giusto» disse abbassando lo sguardo.

Giorgia gli riprese la mano con dolcezza: «Forse abbiamo corso troppo, Matteo. In pochi giorni ci siamo detti un sacco di cose, troppe. Sarà il cammino. Adesso lasciamo che le cose viaggino lente. Come noi pellegrini».

«Faremo come vuoi tu» acconsentì Matteo. «Mi sembri la più saggia fra noi due. Però quello che ti ho detto due giorni fa per me vale, sappilo».

Giorgia gli diede un bacio lieve sulle labbra e lo spronò a ripartire: «Me lo ricorderò».

Raggiunsero gli altri. Viola e Raffi avevano rassicurato i genitori dei due ragazzi dicendo che Giorgia e Matteo si erano fermati un momento nella chiesetta. Quando li videro tornare sorridenti, le due sorelle tirarono un sospiro di sollievo. Giorgia raccontò dell'idea di Matteo e Viola lo abbracciò raggiante.

«Pace?» le disse Matteo.

«Pace!» rispose all'istante Viola stampandogli un bacio sulla guancia.

Quella sera andarono insieme a recuperare la lettera, Giorgia e Matteo. Alessio l'aveva lasciata al ristorante-libreria Le Pagine d'Oro, un luogo bellissimo a due passi da dove avrebbero dormito.

Giorgia doveva chiedere di Paola, la padrona della libreria nonché cuoca del ristorante.

«Mi chiamo Giorgia, Alessio ilcamminotisialieve mi ha detto che potevo chiedere la lettera a te» disse la ragazza, rivolgendosi al donnone con gonna zingaresca e occhiali spessi.

«Ciao!» Paola l'abbracciò come se la conoscesse da una vita. Matteo era rimasto in disparte, come un cliente qualsiasi, a sfogliare libri. «Te la vado a prendere» disse la donna precipitandosi alla cassa. Poi la consegnò a Giorgia. «Speravo tanto di darla a qualcuno. Alessio ci teneva e mi ha fatto tenerezza. Potrebbe essere mio figlio, è un ragazzo favoloso» continuò con entusiasmo. «Ci siamo conosciuti perché il suo gruppo è venuto a mangiare qui. Poi io e lui abbiamo cominciato a parlare di libri e fumetti. A proposito,» disse la donna sorridendo «noi abbiamo il menù del pellegrino, 14 euro a persona, pasto completo. Se sei in gruppo e state cercando dove mangiare, qui cucino io. Alessio era entusiasta della mia cucina».

«Grazie, Paola,» rispose Giorgia «ma noi siamo già a posto. Dobbiamo mangiare al monastero dove siamo ospitati. Sembra che fra' Luca sia bravo come cuoco».

«Confermo» disse la donna. «Fa una parmigiana di melanzane deliziosa! Speriamo che ve la faccia provare stasera».

«Be', speriamo» rispose Giorgia salutandola con un forte abbraccio.

«Mi piace questo spirito del cammino» disse Giorgia a Matteo ritornando al monastero. «I pellegrini sono diversi dai turisti, ha proprio ragione Fabien. La gente lo capisce. Non ti pare?»

«È vero. Se facessimo vita d'albergo, saremmo solo dei turisti. Ma così, ogni sera è diverso, non sai cosa ti aspetta. Hai visto fra' Luca? Ci ha raccontato la sua vita dopo dieci minuti che eravamo con lui».

«E chissà perché non sono mai storie normali. Lui che è al monastero da tre mesi e prima faceva il cappellano in un carcere femminile!»

«Dove vorrebbe tornare».

«Questo non lo sapevo» disse Giorgia curiosa.

«Lo ha detto a me e Giacomo quando siamo scesi dopo la doccia. Avevamo visto un gatto nel chiostro. È il suo, in effetti. Si chiama Snoopy! Luca ci ha raccontato che lì in carcere con le detenute si sentiva utile, vivo, mentre qui si annoia, ma deve obbedire, nella Chiesa è così. Dove ti metti, devi stare, ci ha detto, per spirito di servizio».

«Povero, mi dispiace. Poi non è vecchio, vero? Quanti anni avrà?»

«Boh, trentacinque dice Giacomo. Più o meno siamo lì. Per me qualcuno di più».

«Stasera mangeranno con noi tutti i frati» disse Giorgia sorridendo a quel pensiero. «Ma tu hai capito quanti sono?»

«Cinque, l'abbiamo chiesto a Luca. Sono tutti anzianotti, gli altri. Ci sarà da ridere».

«O da piangere!»

Non avevano parlato della lettera. Giorgia non l'avrebbe fatta leggere a Matteo. Era stata chiara su questo punto. Lui non glielo chiese.

«Sei preoccupata per domani? Per Vittoria?» le chiese invece.

«Un po'» rispose lei. «Ma egoisticamente non vedo l'ora che mi dica come è andata».

«Tu non sei egoista» disse lui. Matteo non si avvicinava a Giorgia, non aveva più momenti di tenerezza come prima. Sembrava cauto. Forse aveva paura di sbagliare, di correre, pensava Giorgia.

Fu lei a prendergli la mano e a sorridergli.

«Starai vicino a me a cena?» gli chiese.

«Non ti libererai di me, lo sai» le disse lui e le strinse forte la mano.

Era un gesto che a Giorgia piaceva molto. Le mani erano importanti per lei. Dalle mani immaginava com'era fatta una persona. Fin da piccola era stato così. Vittoria ne rideva e la prendeva per pazza.

Ma lei credeva che dalle mani fosse possibile riconoscere una persona, anche dentro. Matteo le stringeva le mani quando doveva parlarle d'amore. Anche senza parole. Non c'era niente di più bello per lei.

La sera a tavola non ci fu da piangere, ma da cantare. I frati si rivelarono arzilli e allegri. C'erano parecchi altri pellegrini. Francesi, tedeschi, spagnoli. E una coppia di italiani.

«Nei gruppi di pellegrini c'è sempre qualcuno che sa suonare la chitarra» disse fra' Filippo. «Noi abbiamo frate Simone che suona il violino, ma il violino è impegnativo... Chi di voi suona la chitarra?» Ripeté la richiesta in inglese, perché fosse chiaro anche agli stranieri.

Si alzarono sette mani, comprese quelle di Renato e Gus.

Iniziò così una serata di musica che vide Giacomo protagonista assoluto. Lui non suonava. Ma naturalmente proponeva canzoni e cantava a squarciagola anche quando non sapeva una parola. Viola si sbellicava dalle risate.

Poi venne il turno degli spagnoli. Giacomo conosceva lo spagnolo, lo studiava e lo imparava anche grazie alle canzoni. Per questo ne conosceva tante di quelle intonate dagli spagnoli. Anche nel loro gruppo c'era l'equivalente di Giacomo. Unirono le forze. Giacomo e Bonifacio, che avrà avuto dieci anni più di lui, cantavano insieme una sorta di stornelli, facili da imparare. Così li insegnarono a tutti. Ed erano talmente insistenti che nessuno si azzardava a non cantare. Dopo un quarto d'ora, si cantava solo in spagnolo. Compresi i frati, i francesi e persino i tedeschi.

Bonifacio aveva un debole per Raffaella. Quando capì che lei conosceva un po' la lingua, cominciò a chiederle di fare assieme una canzone d'amore spagnola. Che però conosceva soltanto lui. Raffaella non ne voleva sapere e allora Bonifacio iniziò a cantarla da solo, sbirciando Raffi in continuazione.

Alla fine della serata, le chiese se potevano proseguire insieme il cammino l'indomani. Raffaella spiegò che aveva appuntamento con la sua compagnia di teatro e che avrebbe raggiunto Viterbo già la mattina dopo, in pullman.

«E io vengo con te. Passiamo la giornata insieme? Non ti disturbo alle prove. Posso?»

Raffaella era senza parole. Bonifacio era scuro come il carbone e magro come un bastone, e lei chiara come la luna e tonda come una mela.

Senza pensarci troppo, gli rispose in uno spagnolo stentato: «Se hai voglia di alzarti alle sei del mattino e prendere il pullman delle sette e trenta per vedermi provare... sei il benvenuto».

«Allora andiamo a nanna» le disse Bonifacio. «Sono le undici. Abbiamo poche ore di sonno. Vieni?»

«Va bene!» disse Raffi divertita. «Vado a salutare la mia sorellina e tutti gli altri».

Raffi raccontò a Viola di Bonifacio. La sorella non smetteva più di ridere.

«Sei una rimorchiona, sorella! Però Bonifacio è carino».

«Che vuoi farci? Sono un'artista» le disse strizzandole l'occhio. «E del cammino mi piacciono gli incontri!»

Salutò tutti e alla fine andò ad abbracciare Giorgia. «Fammi sapere come va domani con Vittoria, ok? Ti penserò tanto» le disse con slancio.

«Grazie, Raffi» rispose Giorgia con gratitudine. «Anche per me sei un po' come una sorella».

Raffaella salutò anche Matteo: «E tu, samurai, trattala bene, altrimenti ti vengo a cercare».

Matteo la spettinò con allegria, come si fa con i bambini. «Buono spettacolo Raffi, stai tranquilla».

Prima di andare via con Bonifacio, Raffi prese Gus da parte, anche se lo aveva già salutato: «Mia sorella ci tiene molto a te. Lei è speciale» gli disse solo, e il tono suonava come un ammonimento.

Gus non si sorprese, da Raffi se lo aspettava. Era protettiva con tutti, in particolare con Viola. «Anche per me è speciale, Raffi. Adesso sparisci con Bonifacio!» le gridò affettuosamente. E Raffi stavolta obbedì.

Giorgia quella sera non riusciva a prendere sonno, anche se era tardissimo.

Cosa saprà Pino su mia madre? La conoscerò? E come reagirà lei a vedermi?

Poi pensò alla lettera di Alessio. Non poteva fare a meno di quelle parole notturne. La tirò fuori da sotto il cuscino e cominciò a leggere.

TENEREZZA. *Quando cammino, mi capita di vedere un bambino davanti a me. Pensavo di avere le allucinazioni. Ma poi ho capito chi è. Quel bambino sono io. L'ho capito perché lo vedevo sempre con i pantaloni lunghi, troppo lunghi. Come me. Mia madre mi comprava i pantaloni e poi non mi faceva mai l'orlo. Odiava cucire. Non le piaceva nemmeno bere. Però beveva. Quando era sobria, mi diceva con tenerezza: Alessio, quando mi vedi bere, non venirmi vicino. Stai lontana dalla mamma quando beve. Diventa cattiva, sai?*

Io però non le credevo. E più beveva e si allontanava da me, più la cercavo. E anche quando mi dava schiaffi e pugni perché era ubriaca, io non la credevo cattiva.

Mi parlava solo da sobria. Un giorno mi disse: Alessio, sai che nelle fiabe ci sono sempre una strega cattiva e una fatina buona? Dissi di sì, ma non avevo mai ascoltato una fiaba. Però credevo a mia madre. Io sono così, mi diceva. Ho dentro tutte e due, la fata e la strega. In fondo sei fortunato: è come se avessi due mamme, e rideva. Ma dopo piangeva.

Io la guardavo. Mi piaceva ascoltarla perché aveva la voce dorata di una fatina. Se qualcuno aveva raccontato storie di fate, doveva aver preso ispirazione dalla mia mamma. Io fate non ne avevo mai incontrate, ma se esistevano, dovevano avere la sua voce.

Quando penserai a me, prometti di non pensare alla strega cattiva ma alla fatina buona?

Io non ho mai mancato a quella promessa, mamma.

Giorgia tenne stretta la lettera tutta la notte. E si addormentò solo all'alba.

TAPPA 12 - 32 CHILOMETRI
Promesse

Nel bosco di Turona tanti pellegrini si perdevano. Ma non Gaia e Fabien. Arrivato in un bellissimo campo di ulivi, appena fuori dal bosco, il gruppo fu accolto da una brezza lieve. Sopra di loro il cielo mutava al ritmo lento del vento e le nuvole cominciavano ad addensarsi. Lentamente. Con circospezione. Ogni tanto si incontravano e facevano un tratto di cielo insieme.

Con le nuvole così grandi il cielo sembrava più vicino. Ci si poteva giocare.

«Lo conoscete il gioco delle nuvole?» esordì Fabien, che era sempre contento quando non c'era il sole che picchiava forte. Che, come diceva lui con amarezza: «Scava le pietre e anche la mia povera testa pelata».

«Io conosco quello in cui si indovina la forma delle nuvole!» esclamò Viola.

«È uguale a quello che conosco io» le rispose Fabien.

«Allora, inizio io?» disse Viola. Ma non aspettò risposta: «Ecco, vedete quelle nuvole a destra? Io ci vedo un pinguino che sta correndo verso il mare».

«Be', ti sbagli, Viola, non sta proprio correndo. Secondo me arranca» la prese in giro Giacomo.

«Dai, dicci tu che ci vedi, Giacomo!» lo esortò Gaia, che aveva un debole per lui.

«Vedete quella nuvoletta solitaria a destra? Io ci vedo il dito di Dio che ci sta indicando ai santi del paradiso come quei cretini che giocano con le nuvole» rispose lui.

«Sì sì, lo vedo anch'io!» disse Alice. «Ma indica solo te...»

Tutti risero, mentre Alice si aspettava una risposta acida del figlio, che non sopportava di essere preso in giro.

Giacomo, stranamente, invece di arrabbiarsi rise anche lui insieme agli altri.

«Grande, madre! Padre, tocca a te» continuò coinvolgendo Renato nel gioco.

«Vedete le nuvole che si stanno aprendo in basso a sinistra? Io lì vedo un uomo, con una mano poggiata sulla fronte. È preoccupato».

«Sì, sì... sì!» disse Fabien. «Lo vedo anch'io. Guardate la testa... e una parte del busto, con la mano che è poggiata sulla fronte come dice Renato, fantastico!»

«Io so perché è preoccupato...» iniziò a dire Davide. «Perché non sa se ce la faremo, oggi. La tappa è lunga, 32 chilometri!»

«Siete forse preoccupati?!» rise Gaia.

«Non è possibile, ormai siete dei veterani del cammino» disse Fabien incredulo. «Non stai bene, Davide? Problemi?»

«In effetti mi sono svegliato con una sciatica terrificante. Una mia vecchia compagna di viaggio».

«Vedrai che camminando passa. E stasera ricco massaggio» concluse Fabien.

«Hai la sciatica? Non me lo avevi detto» disse Diana al marito. «Abbiamo quell'ottima crema... potevo farti un massaggio».

«Non volevo disturbarti. Mi sei sembrata un po' insofferente negli ultimi giorni. Mi sbaglio?»

«Avrei detto lo stesso di te» rispose lei sorpresa dalla reazione di Davide.

«Hai ragione, Diana. Credo che sia così, in effetti».

«Cioè?»

Davide prese fiato e fece uno di quei respiri lunghi che da quando aveva iniziato yoga gli davano molta soddisfazione.

«Era tanto che non avevo tutto questo tempo per me. Ma è arrivato in un periodo in cui non sto esattamente bene con me stesso. In certi momenti vorrei scappare. Ma ovunque io vada, è con me che resto».

«Ci sono anch'io, te ne accorgi ancora, Davide?»

«È questo il punto. Più parliamo, più stiamo insieme, e più percepisco la tua freddezza, il tuo disprezzo» disse l'uomo con amarezza. «Tu sai cosa voglio dire, Diana. Vorrei non averti fatto tanto male. Ma solo a dirlo... Ho sempre più coscienza del fatto che non posso rimediare, non posso...»

«Non puoi più rimediare, questo è certo» disse lei con durezza. «Però a questo punto puoi fare due cose. Compiangerti come fai adesso. Oppure credere nella nostra storia. E darti da fare perché possa continuare. Ma non tanto per fare. Altrimenti non ho nessun motivo per provare, credimi».

«Non abbiamo mai fatto niente, io e te, tanto per fare» le rispose Davide. «Stare insieme è sempre stata una scelta».

«Ecco, appunto» disse Diana senza giri di parole. «Io non prometto niente, non so ancora come sarò al ritorno, se è la dimensione del cammino che mi sta dando questa voglia di ricominciare a vivere, ma ce l'ho forte e chiara, Davide. In questo momento voglio andare avanti e perdonare. Domani non so. Sappi che ora sto così».

«Voglio stare con te, Diana. Solo questo».

«Allora stasera ti tocca il massaggio con l'arnica. Ma sarà un massaggio piuttosto energico. Devo ancora togliermi qualche sassolino...» disse Diana con un sorriso. Si sentiva più leggera. Aveva dissotterrato la sua zavorra, ce l'aveva fatta.

Gaia ne sarebbe fiera, pensò, e rise da sola.

Era quasi mezzogiorno. Il telefono di Giorgia vibrò. Lei e Matteo erano rimasti indietro apposta. Aspettavano.

Era Vittoria.

Matteo le sorrise, incoraggiandola a rispondere. Giorgia aveva paura.

«Ciao...» sussurrò all'amica.

E poi parlò solo Vittoria. Sul viso di Giorgia, Matteo lesse subito quello che lei, dopo, raccontò.

Pino era un truffatore. Vittoria lo aveva fiutato appena lo aveva visto. Lo sguardo acquoso e sfuggente. L'eleganza ostentata. Era un brutto tipo. Non sapeva un bel niente e pensava che bastassero due bugie buttate lì per imbrogliare Giorgia.

Le aveva chiesto dei soldi. Pensando di parlare con Giorgia, aveva detto di essere stato infermiere nell'ospedale che la ragazza aveva citato nel blog. Aveva raccontato che era in grado di risalire al nome della madre. Ma voleva soldi. Tremila euro per le informazioni.

«Ma a chi li chiedo tremila euro?» gli aveva detto Vittoria per capire meglio dove volesse arrivare.

L'uomo, che si era presentato come Pino e basta, le aveva suggerito che poteva rubare in casa, anche un po' alla volta, e poi le aveva fatto intravedere l'idea che avrebbe potuto farlo lui stesso, se lei l'avesse aiutato. Bastavano gioielli e orologi d'oro dei "genitori finti", così li chiamava, e lei avrebbe saldato il debito con lui in poco tempo.

«Un maledetto viscido» disse Vittoria a Giorgia.

«Ma è pericoloso? Come vi siete lasciati? Lui sa dove abito?»

«Stai tranquilla, Gio'. Non gli ho dato nessuna informazione. E per essere sicura che non mi abbia seguito, l'ho seguito io. È finito in un bar di periferia a bere, il maledetto viscido. Non ci devi pensare. Te l'avevo detto che in quel modo ti esponevi anche agli imbroglioni. Non ti preoccupare. Pensa a Matteo e sbrigati a tornare. E non rispondere mai più a quel maledetto indirizzo di posta. Ti cercherà ancora, perché io ho detto che ci avrei riflettuto. Avevo paura a dirgli quello che pensavo. Ti voglio bene».

Quando attaccò, Giorgia tremava.

«Fermiamoci Gio', non puoi continuare».

«No! Voglio camminare. Adesso lasciami, ti prego Matteo. Dammi dieci minuti».

Matteo si allontanò allungando il passo. In breve fu sola. Aveva sognato una madre. Solo questo, si diceva. Anche una madre come quella di Alessio, almeno lei gli voleva bene.

Avere una madre significava poter fare una promessa che sarebbe durata per sempre, come quella di Alessio. Nessuno regge una promessa che duri per sempre. Solo una madre. Quella che ti ha messa al mondo. Già, ma la mia poi è sparita, pensava. Dimenticandosi di me. Se si può dimenticare di me mia madre, tutti possono farlo, tutti lo faranno prima o poi.

Gli occhi velati dal pianto le fecero appena intravedere Matteo. Era seduto su un muretto. L'aspettava. Non si era dimenticato di lei.

Giorgia gli andò incontro e si lasciò abbracciare come un sacco vuoto.

«Basta!» disse a un tratto staccandosi. «Mi vedi sempre piangere. Che palle questa, dirai a un certo punto!»

«Se lo dirò lo sentirai, lo sai che non mi tengo dentro niente» le rispose Matteo. «Come stai?»

«Da schifo».

«Era un balordo?»

«Già, un viscido schifoso squalo».

«Giorgia, non ti arrendere. Il rischio di incontrare bestie che si approfittano c'è. Ma può anche accadere che un giorno ti telefoni qualcuno che sa veramente qualcosa di tua madre».

«Non so, forse dovrei mettermi l'anima in pace» rispose lei, asciugandosi il viso con rabbia.

«Cercheremo insieme altre strade per arrivare alla tua madre biologica» disse Matteo. «Non ci arrenderemo. Ma la cosa importante è che tu una famiglia ce l'hai. Io capisco che tu abbia bisogno di sapere... ma la tua famiglia sono Diana e Davide. E loro ti adorano. Non lo vedi quanto ti amano? Tu sei figlia loro, altroché! Lo sai che sorridi timidamente come tuo padre? Che sei orgogliosa come tua madre, che guardi le persone sempre negli occhi, come a cercare chissà quale verità... come tua madre. Io lo so perché... loro ti amano quasi quanto me. O questo non lo dovevo dire?!»

Le strappò un sorriso.

Matteo riprese serio: «Voglio solo dire che sei una persona amata, Giorgia. Non devi aspettare di trovare la tua madre biologica per sapere che puoi essere amata. Per qualunque motivo ti abbia abbandonata, tu non dovrai mai pensare che tutti lo faranno. Me lo prometti?».

Ecco, qualcuno le chiedeva una promessa sull'amore. Come ad Alessio. Forse – anzi, senza il forse – era amata per davvero. Anche se qualcuno l'aveva lasciata in un ospedale appena partorita, senza darle neppure un nome.

«Te lo prometto, samurai». E si arrampicò a cercare le sue labbra.

Alessio le scrisse che in quella tappa avrebbe trovato la parola del cammino dentro un libro della biblioteca dei ragazzi del paese. Le scrisse il titolo del libro.

E poi la mail concludeva:

Se non arrivi in tempo e troverai la biblioteca chiusa, dovrai aspettare la mattina successiva. Anche se arrivi la domenica troverai chiuso. Oppure, magari il libro sarà stato preso in prestito e la lettera resterà nelle mani di qualche bambina. O bambino. Eppure, credo che la troverai. Capirai dalla parola perché nutro questa certezza.

«Oh, no! Anche questa ci mancava» disse Giorgia con disappunto.

Matteo le chiese cosa succedeva.

«È Alessio. Ha lasciato la lettera in un libro della biblioteca. Ma forse arriveremo quando sarà chiusa».

«È grave?» chiese Matteo con una punta di acido nella voce. Non riusciva a rimanere distaccato. Quella storia gli bruciava. Percepiva l'interesse di Giorgia, la sua attesa per le lettere di Alessio, e non riusciva a essere imparziale nel giudizio.

«Non potrebbe renderti, anzi renderci, le cose più facili?»

«Lui non sa dove io mi fermo a dormire. È sempre un'incognita il posto della lettera. E poi... lui non è una persona banale. È fatto così, insomma» disse Giorgia, che non tollerava che Alessio potesse essere messo in discussione. Neppure se a farlo era Matteo.

«Ok, Giorgia» disse lui autocensurando la risposta che gli veniva spontanea. Non voleva litigare con lei. «Vedremo quando saremo arrivati se la biblioteca sarà ancora aperta».

La biblioteca chiudeva alle sei e loro arrivarono un'ora prima. Con una scusa si staccarono dal gruppo ed entrarono.

Andarono a cercare il libro ma non lo trovarono. Giorgia decise di chiedere alla bibliotecaria. Quando disse il titolo che stava cercando, la donna seduta alla scrivania la scrutò con curiosità prima di rispondere: «L'abbiamo dato in prestito a una classe proprio ieri mattina».

Giorgia non si trattenne: «Oh, no! Ma c'era solo una copia di quel libro? Possibile?».

«Sì, cara» le rispose la donna. «È un libro vecchio. Ne è rimasta una sola copia».

«Ma dentro c'era...» Giorgia non finì la frase, si rese conto che era inutile. La donna non avrebbe capito. Però non accennava ad andarsene. Non riusciva a pensare che non avrebbe avuto la lettera.

Matteo le disse: «Dai Gio', non possiamo farci niente. Andiamo».

Salutarono e si avviarono. Si erano appena chiusi la porta alle spalle quando la bibliotecaria chiamò Giorgia.

«Aspetta! Non so se faccio bene, ma...» Aprì un cassetto e tirò fuori una lettera. Era la parola di Alessio ilcamminotisialieve. «Questa me l'ha riportata una ragazzina oggi pomeriggio. Ha detto che l'ha trovata dentro il libro. Era questa che cercavi?»

«Sììììì! Grazie! Un mio amico me l'aveva lasciata fra le pagine».

«Che giocherellone il tuo amico!» commentò la donna con disappunto. «Poteva andare persa».

«Già» rispose Giorgia pensando ad Alessio. «Non è una persona facile il mio amico, in effetti».

Giorgia afferrò la lettera e fece un gran sorriso alla donna, ma l'altra non ricambiò il suo entusiasmo.

«Adesso sei più tranquilla?» le chiese Matteo.

Giorgia capì dal suo tono che era geloso. Ma lei non poteva farci niente. In fondo, pensò, Alessio è venuto prima di Matteo. Lei non avrebbe rinunciato alle parole del cammino. Nemmeno per Matteo, se mai glielo avesse chiesto.

Non gli rispose. Qualunque cosa avesse detto in quel momento, l'avrebbe fatto arrabbiare. Lo prese per mano e gli disse conciliante: «Grazie di avermi accompagnata».

«Adesso ho fame, però» rispose Matteo. «Muoviamoci, dai». E non disse più una parola fino a cena.

Quando si salutarono la sera, Giorgia capì che lui non ce l'aveva con lei. Forse cominciava a capire, pensò. Ma poi non ci pensò più. Voleva scoprire la parola del cammino di quella tappa. Perché Alessio aveva rischiato di non farle avere la lettera? E perché era così certo che l'avrebbe trovata? Qual era la parola?

Anche lo squalo viscido di nome Pino sembrava lontano rispetto alla sua spasmodica attesa di leggere la lettera.

La luce che aveva sistemato sulla fronte si accese non appena fu stesa sul letto. Aprì il foglio quasi tremando.

SPERANZA. *Quando ho incontrato Etty Hillesum, ho capito di che materia è fatta la speranza. Io Esther, detta Etty, non l'avevo mai neppure sentita nominare. Mi sono perso Etty nella vita. Se dovessi morire domani e Dio mi dovesse chiedere: cosa rimpiangi del mondo di là?, gli direi che rimpiango di non aver conosciuto Esther Etty Hillesum. Nata a Middelburg, in Olanda, vissuta ad Amsterdam e morta ad Auschwitz il 30 novembre 1943.*

Nel campo olandese di transito di Westerbork, dov'era internata insieme a tutta la sua famiglia, Etty camminava la sera. E camminando, e guarda caso proprio camminando, aveva questi pensieri.

"La miseria che c'è qui è veramente terribile. Eppure, alla sera tardi, quando il giorno si è inabissato dietro di noi, mi capita spesso di camminare di buon passo lungo il filo spinato e allora dal mio cuore si innalza sempre una voce. Non ci posso fare niente, è così, e questa voce dice che la vita è una cosa splendida e grande. In futuro dovremo costruire un mondo completamente nuovo. A ogni nuovo crimine o orrore dovremo opporre un nuovo pezzetto d'amore e di bontà che avremo conquistato in noi stessi. Possiamo soffrire ma non dobbiamo soccombere. E se sopravviveremo intatti a questo tempo, corpo e anima, senza amarezza, senza odio, allora avremo anche il diritto di dire la nostra parola a guerra finita".

Un giorno io, il don e i compagni di cammino ci siamo fermati a guardare un contadino che zappava la terra. Aveva un piccolo orto. Curava quella terra come fosse una sorella. Quando aveva finito di affondare la zappa nel terreno, tornava indietro e con le mani aggiustava la terra: sembrava che l'accarezzasse, sembrava che volesse farsi perdonare di aver usato la zappa.

Non ti so dire il perché, ma quando l'ho visto ho pensato a Etty. Si sarebbero capiti, quei due.

Anche Giorgia quel giorno aveva incontrato la speranza. L'aveva incontrata con la promessa che le aveva chiesto Matteo, e ora, in quella camera appena illuminata da una luce fioca, le parole del cammino le stavano indicando lo stesso difficile, meraviglioso sentiero.

TAPPA 13 - 31 CHILOMETRI
Respiri

Leonardo e Renato non avevano mai parlato. Poi Giacomo aveva raccontato ai genitori che la madre di Gus non c'era più. Così anche loro avevano capito il distacco di Leonardo.

Quel giorno Renato si accostò a Leonardo.

«Come va?» gli chiese.

«Bene, grazie Renato. Tu?» Era già qualcosa.

«Io sto bene se cammino» rispose il padre di Matteo e Giacomo. «Mi dispiace solo che stiamo per arrivare a Roma».

«Sì, anche a me. Forse non ci arrivo però...» disse Leonardo senza aggiungere altro.

«Ah no? Ti aspettano da un'altra parte?»

«No» rispose Leonardo. «È che non vorrei entrarci per altri motivi» concluse.

Renato era in imbarazzo. Non voleva forzarlo a parlare.

«Sì, scusa, non voglio entrare nelle tue questioni» gli disse cercando di essere gentile.

Ma a un tratto Leonardo abbandonò il tono formale e la sua voce cambiò, divenne più vera.

«Non voglio entrare a Roma perché... avevo sempre pensato di entrarci con Lea, mia moglie. L'ho persa poco tempo fa. Magari la salto e riparto prima. Non so se me la sento di arrivare a Roma. Però devo anche vedere cosa vuole fare Gus. Non lo so...» e tacque.

Anche Renato non disse niente per qualche minuto. Ma non poteva restare zitto per sempre.

«Leonardo, anch'io forse non ci arriverei, lo capisco. Senti, non voglio immischiarmi, ma se vuoi lasciare Gus con noi, io lo posso riportare a Zurigo senza problemi».

«Grazie. Grazie davvero» rispose Leonardo. «Ma Gus saprebbe cavarsela da solo. Non è per quello. È che mi dispiacerebbe togliergli il gusto dell'arrivo. È un ragazzo. Sta bene con gli altri e questo cammino per lui è stato importante. Sono io che faccio fatica. Devo pensarci».

«Ok. Però per il poco che possiamo fare, considera che ci siamo. Fra l'altro, Giacomo mi ha chiesto se possiamo ospitare Gus in agosto, quando andremo una settimana al mare. Abbiamo una casetta a Riccione, mia madre è di là. Io e Alice staremo solo il fine settimana e poi li lasceremo soli, Matteo, Giacomo e, se vuoi, Gus. Ho pensato prima di chiederlo a te. Se per te va bene, dico a Giacomo di proporlo a Gus. Io e Alice ne saremmo felici. Giacomo si è parecchio legato a tuo figlio».

«Sì, è vero. E anche a Gus Giacomo piace. Come gli piace Viola». Il primo sorriso che Renato vide sul volto di Leonardo. «Se Gus è d'accordo, per me va bene, grazie Renato. Ringrazia anche Alice».

«Ma figurati. Lei già adora Gus! Se hai bisogno» disse infine Renato «di parlare di Roma, se entrare oppure no, io ci sono. Non sarò di grande aiuto, però a volte confrontarsi serve».

«Mi è servito, in effetti» rispose Leonardo. «Non posso prescindere da Gus. Lea non avrebbe voluto. Entrerò a Roma insieme a voi. Lea non sarà a Roma e non sarà più in nessun posto con noi due. Almeno fisicamente. Inutile scappare. Io e Gus siamo rimasti e dobbiamo stare uniti. C'è poco altro da dire, non credi?»

«Io credo che sia la decisione più giusta per Gus, ma anche per te, Leonardo» rispose Renato.

Continuarono a camminare insieme, ma in silenzio. Fino a che raggiunsero Giacomo e Gus.

«Allora, mi dicono che ad agosto sarai a Riccione, Gus» se ne uscì Leonardo.

Gus fissò il padre spalancando gli occhi. Giacomo, invece, capì subito ed esultò.

«Grande, padre!» e diede il cinque a Renato. «Dai Gus, ad agosto ce ne andiamo nella nostra casetta di Riccione, i miei stanno il fine settimana e poi ci lasciano soli! Solo io, te e Mat. E gli amici di Riccione. Verrai?»

«Bello!» disse Gus d'istinto. Poi guardò il padre. «Ma non so, non vorrei lasciarti...» Non riusciva a finire. Non voleva dire "solo". Sentiva un dolore fisico a dire "solo". Senza Lea, senza la madre.

Leonardo cercò di aiutarlo: «A me farà bene stare un po' solo, Gus. E sono contento se vai, perché so che lo desideri».

«Allora affare fatto. Ci sto!» disse Gus a Giacomo e da lì presero a progettare tutta la settimana, coinvolgendo anche Matteo nella programmazione.

Tanti campi coltivati e alberi di nocciolo scorrevano lungo la tappa. In uno dei campi incontrarono le stazioni della Via Crucis e poi, verso la fine, una tomba etrusca. La storia lasciava segni sempre più lontani nel tempo.

Viola e Giorgia stavano chiacchierando di Gus e Matteo. Non volevano più finire il cammino. Roma era diventata la tappa più temuta. Tutto sarebbe finito. Non doveva finire, invece!

«Zurigo è lontana» disse Viola tristemente.

«Ma tu sei a Torino, non è poi così lontana...» le rispose Giorgia, cercando di risollevare l'animo dell'amica.

«Non so, e poi lui non mi ha mai detto niente di… compromettente. Insomma, magari sono io che mi faccio illusioni, come al solito parto in quarta e… arrivo sola!»

«Ma si vede che Gus è cotto, sta sempre lì a guardarti e ad ascoltarti. Solo che è in un periodo terribile, devi dargli tempo Viola, avere pazienza».

«Lo so Giorgia, io vorrei solo stargli vicino in questo momento, davvero non chiedo altro. Lo so che ci tiene a me, me lo ha detto. Ma per ora va bene così. È solo che ho paura di perderlo. E se cambiasse tutto una volta rientrati?»

«Io non credo, anche se è vero, il cammino ci ha reso più uniti».

«Infatti, tu e Matteo siete vicini e lui non può più vivere senza di te! Mamma mia quanto ti ama!»

Giorgia sorrise, era bello che gli altri vedessero negli occhi di Matteo tutto quello che lui le esprimeva ogni giorno.

«Così dice,» come al solito Giorgia era cauta «ma io non lo conosco più di tanto, in fondo. E se fosse uno da grande fuoco che poi dopo un mese sparisce? Sai Viola, ci sta. E io è di questo che ho paura con lui. Io invece parto piano ma poi mi lego tanto alle persone. Ho paura… Adesso gli ho detto che dobbiamo andare più piano, come in cammino appunto».

«Non lo so. A vederlo non sembra» disse l'amica pensierosa. «Anche guardando i suoi genitori, sono meravigliosi e sempre accoglienti con tutti, glieli invidio proprio! Matteo è uno solare, quello che ha dentro esprime. Io sono come lui e so che essere solari non vuol dire essere superficiali. Tu e Gus, ad esempio, siete come la luna. Si vede la luce ma è riflessa, voi vivete tanto di ombre. Vero? Però non è detto che i superficiali siamo noi… Be', scusa Gio', ma devo difendere la categoria!»

L'altra rise e annuì.

«E Giacomo?» chiese Giorgia a un tratto. «Tu lo hai inquadrato? Mi piace, ma sembra sempre sulla difensiva. Non riesco a dargli un carattere definito».

«Secondo me non ce l'ha» rispose Viola. «Ma in lui non è un difetto. Giacomo, a mio parere, è un piccolo genio. Ma è anche un po' arrogante. È che non sa ancora nemmeno lui cosa è».

«Lo hai studiato bene!» rispose Giorgia a occhi spalancati per l'analisi precisa di Viola. «E mi sa che ci hai anche preso, a pensarci bene».

«Eh eh eh, in effetti io farò psicologia all'università. Lo dico da quando avevo dieci anni, e non cambio idea».

«Allora verrò da te a farmi analizzare, tanto lo sai che ne ho bisogno!» disse Giorgia ridendo.

Poi arrivò Gus a richiedere l'attenzione di Viola, doveva raccontarle di Riccione, gli era venuta un'idea che non poteva tenere tutta per sé. Giorgia li lasciò soli.

«... e dopo» le disse sottovoce Gus «da Riccione potrei fare un salto a Torino, prima di rientrare a Zurigo. Potrei stare un paio di giorni o anche di più se ci sei, se ti va...»

A Viola il cuore cominciò a battere tanto forte che si mise la mano sul petto. Aveva paura che Gus lo sentisse.

«Certo che ci sarò, Gus» gli disse. «Non vedo l'ora».

«Ma non sai nemmeno quale settimana sarà... e se poi sei in vacanza con tua madre?»

«Ci sarò» disse guardandolo e aspettando la sua risposta.

Lui sorrise. «Anch'io non vedo l'ora» e continuò a camminarle accanto in silenzio. Come faceva la luna, pensò Viola.

Quella sera fu facile ricevere le parole del cammino. Alessio aveva lasciato la lettera nel monastero dove alloggiavano tutti loro. Una suora consegnò subito la lettera a Giorgia senza dirle una parola. Era una suora così diversa da Elettra! Fredda e silenziosa. Senza sorrisi. Non le chiese nemmeno la parola d'ordine come facevano gli altri. Alessio aveva consegnato le lettere dicendo a tutti che la persona che l'avrebbe richiesta doveva sapere la parola d'ordine: "cheilcamminotisialieve". Era un gioco di specchi fra lui e lei che Giorgia amava ripetere ogni sera. Di quella suora, invece, non seppe mai neppure il nome.

VOLTI. *Le facce delle nuvole quando si incontrano e perdono i contorni, e quelle dei campi di grano che si rincorrono in silenzio, i volti dell'erba che cresce leggera con la pioggia, e quelli degli umani, stesi nell'acqua di una pozza ad asciugare. I visi placidi e pigri delle colline e quelli inquieti e fieri delle montagne. I volti saggi degli alberi che germinano memoria e fanno ombra alle ombre umane che attraversano il sentiero. E i mille volti dei petali dei fiori, che somigliano alle storie degli uomini, mai uguali. Le pietre hanno il viso più bello perché il tempo non lavora per tradirlo.*

Ma c'è un volto fra tutti che preferisco, è quello del vento. Il vento è il respiro di Dio che ci accompagna in cammino.

TAPPA 14 - 26 CHILOMETRI
Amici

La campagna laziale era interrotta da poche case. E vasti campi coltivati. A un tratto una voce spezzò il silenzio assoluto della compagnia in cammino.

«Ehi, pellegrini, avete voglia di una pausa?»

Un signore sui sessanta era apparso improvvisamente dal cancello di una casa in pietra e legno.

Fabien fu il primo a tornare indietro. Gli strinse la mano.

«Be', noi siamo un gruppo, una decina in tutto. Non vorremmo disturbare» gli disse.

«Io mi chiamo Savino» gli rispose l'uomo stringendogli forte la mano. «Entrate tutti, questa è una casa accogliente con i pellegrini. Vedete?» E mostrò una targa sul cancello, in ferro, dove aveva fatto incidere la figura del pellegrino francigeno con sotto scritto "Casa Amica".

All'entrata furono accolti da Cico, un pastore maremmano con gli occhi curiosi che Viola prese subito in simpatia. Mentre lei e Giacomo se ne stavano a giocare con Cico, Savino fece accomodare i pellegrini in giardino. Aveva creato un angolo solo per loro. Tronchi come sedili e tavoli di legno intagliati a mano. Su uno di questi vi era una statuina, fatta fare da un artigiano della zona, che rappresentava il capostipite della Via Francigena, il vescovo Sigerico, con il bastone e la veste lunga. Si presentarono tutti, mentre Savino offriva bibite e dolcetti.

«Noi siamo già passati di qua» disse Gaia. «Ma non c'eri prima, vero?»

«È da più di un anno che ho creato questo piccolo angolo per i pellegrini» rispose Savino dopo essersi seduto con loro. «Però capita che ne passino tanti e io sono fuori: visite mediche, la spesa, qualche amico e poco altro. Ma se ci sono, non mi scappa nessuno!»

«È proprio per i pellegrini tutto questo?» chiese Gus stupito.

«Be', io prima in casa non ci stavo mai» raccontò Savino. «Ero barbiere. Avevo un negozio in paese e stavo lì tutto il giorno. Tagliavo i capelli e chiacchieravo, raccontavo, ascoltavo. Tutto il giorno uguale. Ma mi piaceva. Poi due anni fa è morta mia moglie e sono andato in pensione, ho chiuso il negozio e mi sono rintanato qui. Volevo stare solo. Però ho cominciato a vedere un via vai di gente con bastone e zaino che passava. Dal cancello li vedevo tutti. Stranieri e italiani. Cico» disse indicando il cane «si chiama come il primo pellegrino che ho invitato a entrare in casa, uno spagnolo pazzo. All'inizio mi sembravano tutti un po' pazzi» continuò Savino, che raccontava facendo rimbalzare lo sguardo da un pellegrino all'altro. «Ma come viene in mente a questi, pensavo, di abbandonare la casa e andarsene come profughi in giro per il mondo? A piedi, poi! Proprio non capivo. Ma un giorno ho agito d'istinto. Ho visto un uomo dalla finestra, sono sceso di corsa e gli ho detto di entrare. Volevo capire. Perché se tanta gente lo faceva, un motivo ci doveva essere. E io lo volevo capire. Ho sempre fatto il barbiere, sono abituato ad ascoltare la gente, sono un curioso! Cico era da solo. Un uomo vicino ai sessanta. Sapeva l'italiano meglio di come lo parlo io. Faceva il chirurgo estetico. Chissà quanto guadagni! gli dissi. Senza saperlo, avevo toccato il tasto dolente. Mi disse che sì, i soldi erano tanti, ma ormai gli facevano schifo. Anzi, non erano i soldi a fargli orrore, non esageriamo, ma quello che doveva fare per guadagnarseli. Ricucire facce con le rughe. Era diventato medico per curare gli esseri umani e si era ritrovato a costruire maschere di plastica. Aveva cominciato a odiarle. E a odiare se stesso che le cuciva. Poi è andato in cammino».

«Ed è stato illuminato!» Giacomo mimò una smorfia di dolore sul viso.

«Continui pure, Savino,» intervenne Renato «è innocuo».

«Be', ma un po' ci ha preso!» disse Savino sorridendo a Giacomo. «Ha fatto Santiago di Compostela due volte e poi la Francigena, e qui l'ho incontrato io. Mi ha detto che, tornato in Spagna, avrebbe aperto un centro per i malati terminali. Vado in pensione dalla chirurgia, mi disse. Niente più maschere artificiali, Savino. Basta. L'ha aperto davvero, il centro! Tutto gratuito. Tanto con quello che ha guadagnato se lo può permettere. Cico mi ha scritto il mese scorso».

«L'avevo detto che era stato illuminato. Un'altra vittima del cammino». Giacomo era incontenibile.

«Ti dirò un'ultima cosa, Giacomo» disse Savino con la sua bella voce profonda. «Nel suo centro, dove cerca di lenire la sofferenza vera, il mio amico raccoglie le storie delle persone malate. Fra una seduta e l'altra di agopuntura e fiori di Bach, i pazienti raccontano la loro vita. Lo vuole far diventare un centro della memoria. È un modo per non farli morire del tutto, mi ha detto. Il mio amico nell'ultima lettera mi ha scritto una cosa che mi è piaciuta tanto: "Noi pellegrini seminiamo storie sulla terra, e dalle storie nascono idee e contaminazioni". Hai ragione tu, Giacomo, secondo me Cico è stato illuminato dal cammino».

«Tutto sommato, Cico mi è simpatico. Che ne dici, Gus?» disse piano Giacomo rivolgendosi all'amico.

«Tutto sommato, anche tu sei simpatico» rispose l'altro prendendolo in giro.

«E adesso, ragazzi,» disse Savino guardando Giacomo e Gus «vi chiedo di fare una cosa bislacca». Si alzò e andò a prendere un taccuino e alcune penne. «Strappate un foglio dal taccuino, pescate una penna e annotatevi il mio nome e il mio indirizzo. Chiedo a tutti di raccontarmi il cammino, al ritorno, come si dice, "a bocce ferme". Quando uno torna nella propria casa e rimette a posto i pezzi. Possono essere due righe ma anche venti pagine, quello che vi sentite. Io raccolgo tutto e poi... nascerà qualcosa, ho un progetto in mente... ma è ancora presto per raccontarlo. Sono un po' scaramantico, meglio non parlarne. Che ne dite, pellegrini?»

«Io ci sto!» disse Giacomo entusiasta.

«Mi piace il tuo progetto, Savino». Diana era emozionata. «Anche se non so esattamente cosa sarà, io ne farò parte».

«Mi sa che riceverai un sacco di parole. Le mie di sicuro, promesso!» disse Alice.

Savino dettò il suo indirizzo. Poi, congedandoli, si rivolse a Viola: «Cico non è un cane che è amico di tutti. Con te si trovava bene, però».

Viola gli sorrise e mostrò che aveva preso anche lei l'indirizzo.

«Ciao, Savino. Auguri per il tuo progetto» lo salutò Leonardo. «Sono fortunati i pellegrini che ti incontrano».

Savino era stato il più bell'incontro del cammino, dopo Stella, pensò Giorgia quella sera, prima di iniziare a leggere la lettera di Alessio.

LENTO. *I primi giorni, arrivare dopo sette, otto ore di cammino mi faceva diventare matto. Perché perdere tanto tempo? mi chiedevo. Camminavo in fretta per arrivare prima. Ma era inutile. Cercavo di pensare alla meta, e allora la meta non arrivava mai. Cercavo di pensare ad altro, ma non ci riuscivo. Non volevo guardare intorno a me. Alberi, formiche, pietre, erba, torrenti, montagne, colline, fiori e terra. Cosa c'era nel cammino che io non conoscessi già?*

Dopo qualche giorno, a farmi arrabbiare era il dolore fisico. Avevo le vesciche, avevo la sciatica, avevo la testa che batteva.

Volevo tornare indietro.

È stato il tempo a darmi il ritmo giusto. Quando ho capito che non serviva ribellarsi alla lentezza del cammino, ho cominciato a entrarci dentro davvero. Ho cominciato a guardare. Avevo già visto tutto ma non avevo mai "perso tempo" a guardare la vita dentro la natura. Le passeggiate operose delle formiche in fila indiana, gli attraversamenti intrepidi delle lumache e il calmo approdo delle api sui fiori a un tratto sono diventati un tempo ragionevole. Avevamo lo stesso passo, in fondo. Lento. Costante. Armonioso. I piedi percorrevano la terra. Non le ruote delle macchine, delle moto o delle bici. No, solo i piedi a toccare terra. Passo dopo passo entravo in contatto con ciò che avevo intorno: la natura, me stesso, gli altri.

Insieme ai piedi, anche la testa ha cominciato a stare al passo del ritmo lento: il tempo è diventato importante proprio perché vuoto, leggero, perso. Solo allora ho sentito i miei piedi che passavano sulla terra. E mi sono sentito libero.

TAPPA 15 - 24 CHILOMETRI
Gelosia

La notte c'era stato un temporale e si era formata qualche pozzanghera. Ma il sole le asciugava rapidamente. Il paesaggio del parco di Veio cambiava di continuo. Oltrepassato il santuario della Madonna del Sorbo, ecco l'entrata in un bosco fitto con un torrente dall'acqua limpida.

Quando Giacomo propose di affondare i piedi in un tratto più largo del torrente, tutti si affrettarono a togliere gli scarponi.

«Domani arriviamo a Roma» disse Matteo a Giorgia.

«Sì» rispose Giorgia. Si fermò a bere dalla sua borraccia e la offrì a Matteo. «Non so se sono contenta. Un po' mi dispiace di finire il cammino. E tu?»

«Io vorrei continuare ancora,» disse lui rifiutando l'acqua «così non ci dovremmo salutare. Gus viene a Riccione in agosto, vieni anche tu».

«Con tre uomini in casa?!» rispose lei ridendo.

«Sì, che idiota che sono. Hai ragione. Ma tanto noi ci incontreremo prima».

«Vedremo» rispose lei senza aggiungere altro.

«Non dobbiamo correre, giusto?» disse Matteo diffidente. «E Alessio? Lo vedrai?»

«Che c'entra adesso, Matteo? Stiamo parlando di noi».

«Appunto» disse lui. «Lo vedrai?»

Si rimisero in cammino e la domanda di Matteo restò sospesa nell'aria.

«Lo vorrei incontrare» rispose Giorgia dopo un po', con sincerità. «Le sue parole mi hanno tenuto compagnia, alcune lettere sono davvero belle, profonde. Penso che sia una persona che ha molti guai nella vita. Mi piacerebbe almeno dirgli grazie».

Matteo tacque. Non ce la faceva a non essere geloso di Alessio. Il fatto che Giorgia non lo avesse mai visto era un'aggravante per lui. Aveva paura che l'attesa serale delle lettere avesse creato una specie di eroe sacro, Alessio. Ma non lo disse. Non voleva litigare con lei.

«Ma questo non c'entra niente con noi, Matteo» disse Giorgia prima che lui parlasse. «Torniamo a casa, alle nostre cose e alla vita di prima. E poi vediamo che succede».

«Io lo so che succede. Mi mancherai» disse lui senza guardarla.

«Anche tu Mat, ma io...» Giorgia non sapeva se parlargli dei suoi dubbi su di lui, quelli che aveva confidato a Viola.

«Cosa? Dimmi Gio', dai, lo vedo che hai qualcosa che ti tieni dentro».

«È che tu corri tanto e poi magari arrivi a Bologna e ti dimentichi come sono fatta. Questa tua fretta mi spaventa» gli disse tutto d'un fiato.

«Cavolo, Gio'...» ora Matteo era proprio arrabbiato. «Il tuo Alessio è un mito di saggezza e un pozzo di profondità e io sono un cretino che parla per dare aria alla bocca. E poi sono io quello che non ha mezze misure?»

Non poteva dargli torto. «Scusa, hai ragione Matteo. Forse è anche la situazione dei miei a farmi vedere le cose così».

Matteo non la incalzò. Aspettò che Giorgia si spiegasse.

«Fino a due anni fa i miei genitori stavano bene insieme. C'era armonia, come fra i tuoi. Poi mio padre ha cominciato a frequentare una collega nuova. Per farla breve, mia madre ha scoperto che l'aveva tradita. Non sono più riusciti a riprendersi. Non so che sarà della mia famiglia...»

Matteo serrò le labbra. «Mi dispiace». Fece una pausa. «Ma non puoi vedere noi due attraverso loro. Noi siamo un'altra cosa. Non voglio dire che siamo per forza meglio. Ma abbiamo una storia che inizia adesso. Io voglio viverla. Te l'ho detto e te lo ripeto, su una cosa non ho dubbi: io voglio stare con te, Gio'. Devi chiederti se anche per te è così. Solo questo».

Giorgia non aveva dubbi: «Sì, Matteo, voglio stare con te. Non sai quanto. Questo lo so».

Matteo la prese per mano e finalmente le sorrise.

«Lo so che siamo davanti e ci vedono tutti» le disse conoscendo la ritrosia di lei a mostrare in pubblico i propri sentimenti. «Ma chissenefrega. È la cosa più bella che mi hai detto da quando camminiamo» aggiunse poi portandosi la mano di Giorgia alle labbra.

Quella sera dormirono in un istituto di clausura. Una suora, nascosta dietro una grata, spiegò rapidamente poche cose sui servizi ai pellegrini, prese i soldi per l'accoglienza e poi li abbandonò.

Alessio scrisse che la lettera di quella tappa l'aveva lasciata dentro la stanza numero sei, dove lui aveva dormito. Dentro il comodino c'era una Bibbia e fra le pagine Giorgia avrebbe trovato la lettera.

Solo che quando entrarono, Giorgia si accorse subito che la stanza numero sei era occupata da due uomini, due giovani austriaci.

Decise di chiedere aiuto a Matteo.

«Puoi dire che un tuo amico ha lasciato la lettera nella loro stanza e tu la devi recuperare».

«Sì, certo,» rispose lui sarcastico «in un istituto di suore, dentro la Bibbia! Va bene, ci penso io. Aspetta qui, ho visto come ti guardavano i due austriaci quando siamo entrati».

«Quanto sei scemo! Dai, sbrigati».

Matteo tornò con la lettera. «Ce l'avevano in mano, i due curiosoni. Ho dovuto dire che era una specie di caccia al tesoro. Mi sono sentito un cretino».

«Grazie!» Giorgia lo abbracciò. «Ti hanno chiesto di me?»

Ma prima che lui potesse dire qualcosa Giorgia si mise a ridere. «Ti prendo in giro! Sei troppo geloso per i miei gusti».

«E tu? Nemmeno un po'?» le disse Matteo attirandola a sé.

«Il giusto» rispose lei baciandolo sulla guancia. «Adesso devo tornare in stanza, mia madre mi cercava».

«Sai che penso? Che mi usi come postino per le tue lettere, e arrivati a Roma ti libererai di me» le disse lasciandola andare.

«Scemo. Ci vediamo a cena?»

«Sarà difficile che non ci si veda, ceniamo tutti insieme. Oggi è l'ultima sera. Ti ricordi che domani arriviamo a Roma?»

«Oddio, è vero! Che tristezza...» disse Giorgia.

«Ti ricordi i primi giorni che volevi tornare indietro?»

«E tu no?!»

«Io no, ti ho puntata fin dall'inizio. Avrebbero dovuto cacciarmi. Adesso vai, che le suorine fra poco chiudono l'acqua calda».

«Oddio, ecco perché mia madre mi cercava!» e scappò.

Matteo la guardò affrettarsi e rise pensando alla faccia di Giorgia quando avrebbe capito che nessuno avrebbe chiuso l'acqua calda quella sera.

APPRODO. *Ecco, siamo entrati nel territorio di Roma. Ci siamo, siamo all'approdo. Sorrisi e sguardi cambiano veste, ci si ritrova come si era partiti. Ci si rivede come eravamo. Come eravamo? Dove siamo? Il don, che la sa lunga, e non avevo capito ancora quanto, ha visto che non volevo approdare, perché avevo paura di ritrovare quello che avevo lasciato. Era già un paio di giorni che temevo l'approdo, ero inquieto. E proprio Giovanni mi ha dato un libro di poesie da leggere. "Il canzoniere" di Umberto Saba. Che io non l'avevo mai sentito nominare Saba, e anche le poesie non sono propriamente le mie letture quotidiane, l'avevi capito vero? "Il canzoniere" è una raccolta di poesie, non le ho lette tutte, ma una l'ho imparata a memoria: "Ulisse".*

No, tranquilla, non te la recito. Le poesie vanno lette per se stessi. Quando le sentivo recitare a scuola mi sembravano delle stronzate che non mi avrebbero mai riguardato. Poi ho cominciato a leggerne qualcuna, solo per me, in cammino sì, e ho cambiato idea... Leggila, se ti va. Mi ritroverai lì dentro, in quella terra di nessuno dove non ci sono né approdo né porti. Il mio cuore, semmai ne avessi uno, sarebbe sempre in mare aperto. In cammino. E il tuo?

Era la prima volta che Alessio la interrogava. Dove stava il suo cuore? Sentì, per la prima volta da quando aveva con sé le parole del cammino, che Alessio era da un'altra parte rispetto a lei. Lei cercava l'approdo. Lei voleva un confine sicuro, una nave da cui scendere per restare. Cercava la madre che non aveva mai visto, cercava un nome che le mancava.

Come mi avresti chiamata, se mi avessi tenuta?

Era quella la domanda che aveva conservato solo per sé e per quella donna che un giorno avrebbe incontrato.

Giorgia sentiva di essere al largo, in mare aperto, ma non era quella la dimensione che lei cercava nella sua vita. In cammino sì, perché la vita era il cammino, ma lei aveva bisogno di un porto sicuro dove tornare.

TAPPA 16 - 14 CHILOMETRI
Fine

«Roma Roma Roma!» esordì Gaia svegliando tutti i pellegrini alle sei. «Siete pronti? Ricordate il primo giorno? Pronti, partenza, via!»

Iniziò con allegria l'ultimo giorno dei viandanti.

«Oggi ci scateniamo su Instagram?» chiese Fabien a Giacomo e Gus.

Matteo tirò fuori la sua GoPro e cominciò a riprendere l'ultimo giorno del cammino. Intervistò i pellegrini del gruppo e poi, non pago, iniziò a intervistare anche quelli che incontrava. Nessuno si rifiutava. Tutti erano alla fine del viaggio e l'euforia era palpabile. Roma era la meta, era come toccare terra dopo un lungo viaggio per mare. Un viaggio fantastico ma che, come tutti i viaggi, aveva un inizio e una fine.

A un certo punto vibrò il telefono di Gaia. Lei rispose. Era Vittorio, il padre di Viola. Le disse che voleva sapere del viaggio, di com'era andata, ma non aveva il coraggio di sentire direttamente sua figlia. Gaia si arrabbiò.

«Ti passo Viola» gli disse interrompendo l'incespicare imbarazzato del padre della ragazza.

A Viola era bastato guardare la faccia scura di Gaia per capire di chi si trattava. Respirò profondamente e rispose.

«Dimmi» disse solo.

All'altro capo del telefono l'uomo stava mormorando le solite scuse. Diceva che lo sapeva che si era comportato male. In quel momento era a Modena, per trattare un acquisto di merce importante, si sarebbero visti appena lei sarebbe tornata a Torino. Neppure una parola sul cammino, sui giorni che lei aveva passato accanto a estranei, neppure una parola che valesse la pena di ascoltare, pensò Viola.

Stava per rispondere. Ma si fermò. Lo lasciò andare avanti a parlare come faceva sempre. Diventava logorroico quando si sentiva in colpa. Parlava solo lui. A un certo punto Viola si staccò il telefono dall'orecchio, non ne poteva più di sentire quella voce. Il padre aveva una voce alta, che lei da piccola adorava. Poi le era mancata tanto. Adesso le dava il voltastomaco. Si sentiva come Cico davanti ai volti ricuciti dal bisturi. Pensò che qualcuno avrebbe dovuto cucire la bocca del padre. Semplicemente spense il telefono. Gus le era accanto, e lei gli sorrise come a tranquillizzarlo.

«Ha ragione Raffi» gli disse. «Bisogna abituarsi all'idea di avere in casa un uomo così. Lo puoi odiare, ma non serve. Lo puoi compatire, come fa Raffi. Io penso che lo si possa ignorare. E un giorno chissà, forse cambierà... Non lo so...»

Il telefono ricominciò a squillare. Vide il numero. Era il padre. Premette il tasto "Ignora".

Il cellulare vibrò ancora e ancora. Poi nulla. Viola lo restituì a Gaia. Passarono pochi minuti e ricominciò a vibrare.

«Gli parlo io, Gaia. Mi deve lasciare in pace... proprio oggi che ero così felice!» disse Viola arrabbiata. Gaia glielo stava per dare, ma prima controllò lo schermo.

«Non è tuo padre, Viola. Sentiamo chi è... Stella!» esclamò Gaia. «È Stella! Ci vuole salutare! Ma certo che si ricordano tutti di te, cara!»

Gaia iniziò una sorta di telecronaca. Diversamente dalle altre tappe, quella verso Roma era meno sobria e silenziosa.

Mise addirittura il vivavoce. Tutto il gruppo si avvicinò al telefono, e fu come se Stella fosse in mezzo a loro. E tutti cominciarono a parlarci come se fosse davvero lì.

«Gus, il tuo zaino ha retto al cammino?» chiese Stella.

«Altroché» rispose il ragazzo. «Ci farò ancora un sacco di cammini. Non me ne separo più!»

«Giorgiaaaaa! Ci sei?!» gridò Stella.

«Ci sono!» rispose lei. «Anche per merito tuo, sappilo!»

Stella si ricordava di tutti. Parlò con Viola e con gli altri, e infine chiese di parlare da sola con Leonardo. Tutti rimasero sorpresi, ma Gaia passò il cellulare al padre di Gus, l'unico che non sembrava sorpreso. Nessuno sapeva dell'incontro mattutino fra Stella e Leonardo, neppure Gaia.

Lui sorrise e parlò al telefono come se avesse ritrovato un'amica di vecchia data.

«Stella, che piacere immenso sentirti» disse allontanandosi dal gruppo. «Io sto abbastanza bene. Sì. Avevi ragione, il cammino mi ha fatto bene. Ha fatto bene a me e a Gus. Lui è più tranquillo... ma è vero, aveva bisogno di me. No, non volevo entrare a Roma, Stella, con Lea avevamo programmato tutto, ne avevamo parlato tanto, e oggi per me è dura essere qui. Ma non potevo lasciare Gus...»

«Se siete in due ce la farete meglio» gli disse Stella.

«Lo so, ora lo so» le rispose l'uomo.

«Ti aspetto al prossimo cammino, Leonardo».

«Prima o poi busserò ancora alla tua porta, Stella».

Mentre restituiva il telefono a Gaia, i pellegrini notarono il sorriso riconoscente di Leonardo.

Quella per Roma era la tappa più breve del percorso. Ormai la meta finale era vicina.

Quando mancava poco all'arrivo, Gaia li avvisò di stare vicini. Di stringersi insieme come gruppo.

«L'ingresso a Roma è la cosa più straniante del cammino. Aspettatevi confusione, Roma è così. Il tratto per arrivare al Vaticano è pieno di turisti. Una folla che sembra avere solo mani e bocca. Abbiate pazienza. Io la prima volta che entrai dopo il cammino ero sconvolta, la seconda ricordo che guardavo tutto come fossi allo zoo. E oggi è ancora diverso, sapete? Oggi ho deciso di non farmi distrarre. Sto guardando Roma. Fatelo anche voi se potete, se riuscite. Cercate di guardare la bellezza in ogni angolo, il cielo sopra Roma è diverso da tutti gli altri cieli. È eterno. Sarà un'emozione unica anche il timbro del nostro passaporto di pellegrini dentro il Vaticano! La fine del cammino, l'approdo finale e insieme il risveglio dal sogno. Non so mai cosa prevale... Non sarà facile, potremmo incontrare file spaventose. Ma ce la faremo!»

Diana abbracciò Giorgia e chiamò anche Davide accanto a sé. «Ce l'abbiamo fatta! È stata dura in certi momenti, vero? Però siamo stati grandi. Che ne dite?»

Giorgia sorrise. Era già nello straniamento, ma si sentiva anche euforica. Come se avesse compiuto chissà quale impresa.

«Sì che lo siamo stati. Quanti chilometri abbiamo fatto alla fine?» chiese Davide iniziando a contarli.

Ma Giorgia lo precedette. «Matteo ne ha contati circa 376 in 16 tappe, per una media di 23,5 chilometri al giorno! Non è male, no?»

«Non è male nemmeno avere accanto due donne come voi» disse il padre, che baciò Giorgia e poi si accostò a Diana. Era timoroso. Giorgia sperò che la madre non lo respingesse. Diana lo baciò. Doveva essere molto tempo che non avveniva, perché Giorgia notò che gli occhi del padre diventarono appena umidi. Appena. Quanto bastava per renderla felice.

Poi si sentì afferrare le spalle. Matteo aveva finito le interviste.

«Posso rubarvela?» chiese timidamente guardando Diana.

«Deve decidere Giorgia» rispose Davide. Difficile nascondere un po' di gelosia.

Ma Diana rese più facili le cose. «Vai, Gio'» le disse rassicurandola.

Giorgia allora si sentì tranquillizzata dalla voce serena della madre e seguì Matteo. Era felice di entrare nel cuore di Roma al suo fianco.

E Alessio? Se era finito il cammino finivano anche le lettere. No! Il cuore fu punto come da una spina. Non voleva.

Matteo si allontanò per fare delle foto e lei scrisse ad Alessio chiedendogli notizie.

Alessio le rispose subito, come sempre.

Quella di ieri era l'ultima lettera da ilcamminotisialieve. Se sei arrivata fino a Roma, non devo dirti più niente del cammino. Però un po' è come se avessimo camminato insieme. Sono io che ringrazio te, perché ho sentito che le mie parole ti hanno camminato accanto... Non dirmi come. Lo so. Te ne accorgerai anche tu. Sentire è un altro regalo del cammino.

A proposito di regali, ne ho lasciato uno per te nella chiesetta di Sant'Anna, proprio all'arrivo, è sulla soglia delle mura vaticane. Non chiedermi come. Fa parte dei poteri di noi pellegrini. Li scoprirai anche tu! Sapendo che saresti arrivata oggi, ho fatto in modo che ci fosse un regalo. Devi andare al secondo banco, sotto una piccola Bibbia troverai il regalo.

Alessio

Giorgia lo disse a Matteo. Lui l'assecondò. Sapeva che era importante per lei. Mentre Gaia e Fabien facevano la fila per timbrare le credenziali del gruppo, lui e Giorgia entrarono nella chiesetta. Si sfilarono gli zaini e Giorgia andò in fretta al secondo banco.

Sotto la Bibbia c'era un pacchetto. Tornò verso Matteo e, appena fuori dalla chiesa, lo aprì. Era un libro. Il libro di Umberto Saba, *Il canzoniere*, che conteneva la poesia *Ulisse*. Dentro c'era una dedica per lei: "A te. Che l'approdo ti sia lieve. Alessio".

Giorgia strinse le labbra, non voleva piangere davanti a Matteo. Ma lui capì e l'abbracciò. Liberi dagli zaini si sentivano più vicini e la stretta non finiva mai. Giorgia era felice. Era stato un approdo lieve. Grazie a Matteo. Ad Alessio. E a se stessa.

UN MESE DOPO IL CAMMINO
Vicini

Giorgia aveva messo i jeans, anche se Vittoria non era d'accordo.

«Non ti puoi sentire sempre in cammino, che noia che sei diventata!» la sgridò l'amica. Però l'aveva accompagnata. A Firenze.

Di lì a poco avrebbero incontrato Alessio, che arrivava da Roma. Giorgia lo voleva conoscere. E Alessio aveva subito acconsentito.

Si sarebbero riconosciuti perché entrambi avrebbero indossato una camicia bianca.

Matteo non era con loro. Sapeva dell'incontro, ma lei non gli aveva chiesto di accompagnarla quel giorno.

Si erano visti due volte dal cammino.

Matteo faceva avanti e indietro da Bologna a Parma. Per fortuna erano vicini. Erano stati giorni perfetti per Giorgia, insieme a Matteo.

Adesso però Alessio lo doveva incontrare da sola. Cioè, c'era Vittoria, ma lei era un'altra cosa. Matteo sarebbe stato geloso e avrebbero sicuramente litigato. Giorgia non voleva. E Matteo neppure.

«Appena lo lasci, e lo lascerai presto, mi telefoni. Subito, ok?» le aveva chiesto. Lei aveva acconsentito. "Ma si vedrà" si era detta. L'importante era andare lì tranquilla.

Ma tranquilla non lo era affatto. Che faccia avrebbe avuto la persona più importante del cammino? Sì, certo, anche Matteo era stato importante. E tanto. Ma le parole del cammino le erano entrate nell'anima, sbriciolandola. Matteo era nel cuore. Era talmente importante lì dentro che certe volte lo respingeva perché ne aveva paura. Però Alessio era diverso. Ma come? Meglio non chiederselo.

E poi arrivò.

Scese dal treno e lei era lì ad aspettarlo, lui le aveva detto il numero della carrozza. Anche lui indossava jeans e camicia bianca. Eccolo, Alessio! Aveva i capelli castani e gli occhi piccoli e azzurri. Era grande, Alessio. A Giorgia tremavano le gambe. Lo sapeva che sarebbe successo.

Pizzicò il braccio di Vittoria e questa sorridendo le disse: «Mi fai male!».

«Sei Giorgia?» le disse lui vedendola in camicia bianca.

Quella voce, quella voce l'aveva immaginata proprio così. Ruvida e tenera. Come quei tatuaggi che gli riempivano il corpo. Giorgia li riconosceva uno a uno. Alessio ilcamminotisialieve era lì con lei.

«Sì» rispose finalmente. Poi sorrise e si sciolse. Le venne spontaneo, non riuscì a fermarsi. Lo abbracciò. Lui ricambiò. E solo dopo un po' Alessio notò Vittoria. In piedi, a guardarli.

«Ciao. Sono Vittoria».

Giorgia si riprese. «Lei è la mia amica. Mi ha accompagnata».

«Eh sì, essendo minorenni i genitori di entrambe ci fanno sempre viaggiare in coppia, si sentono più tranquilli, che vuoi farci?!» disse ironicamente Vittoria.

Alessio le sembrava proprio grande, e a Vittoria sembrava più rude che tenero.

Aveva un'aria poco raccomandabile.

«Capisco» disse Alessio che aveva afferrato le remore di Vittoria. «Andiamo a prendere un caffè, che ne dite?» chiese invitando anche lei per tranquillizzarla.

«Vittoria mi ha solo accompagnata, ma adesso se ne va» rispose Giorgia guardando l'amica. Vittoria non era molto convinta. «Ciao, Vittoria. Ti chiamo dopo, come d'accordo, ok?» le disse ancora Giorgia.

«Mmh mmh, vado. Cerca di guardare l'ora, non voglio perdere il treno. Senti tu Matteo?»

Giorgia la sbriciolò con lo sguardo.

«Sì, vado» si arrese Vittoria. «Ciao, Alessio» e scomparve.

«Mi sembrava che la tua amica avesse paura a lasciarti con me» disse Alessio sorridendo. «Forse sono i tatuaggi».

«Quelli le piacciono. È che è molto protettiva nei miei confronti. Non badarci».

«Andiamo in un bar?» le propose lui. «Poi mi dirai quando devi tornare e ti accompagno alla stazione».

«Ok».

Si sedettero in un bar con il giardino. Giorgia era sempre più emozionata. Cominciò subito a parlargli.

«Ogni tappa ero in attesa della tua mail e del luogo in cui avrei trovato la lettera. Una più bella dell'altra. Ma quella che tengo sempre con me è *Tenerezza*. Ce l'ho anche adesso, sai? Non me ne separo mai».

Nessuno lo avrebbe mai detto vedendolo. Gli occhi spavaldi e un sorriso sicuro di sé. Ma quando Giorgia parlava delle lettere, Alessio diventava timido.

Era una parte di sé che aveva raccontato solo in quelle parole, nel cammino. Giorgia lo intuiva, sapeva di conoscerlo a fondo, forse meglio di chiunque altro, anche se era la prima volta che si vedevano. Era questo che a Matteo non poteva dire: quella magia che c'era fra loro due. Era un dono del cammino.

«È quella su mia madre» le disse lui. «Perché proprio quella, Giorgia?»

Lei raccontò tutto di sé. Non era un estraneo, Alessio. L'adozione, la ricerca della madre, un nome che non c'era e che voleva conoscere. Una promessa che gli aveva invidiato... e da poco, una speranza. Una legge nuova che permetteva ai figli non riconosciuti, attraverso il tribunale, di fare richiesta alla madre biologica di rivelarsi, finalmente.

Ma se la madre non avesse voluto ancora conoscerla, lei avrebbe dovuto rispettare la decisione della donna. I genitori di Giorgia avevano fatto richiesta per lei.

Adesso c'era l'attesa per quella risposta. Le notti che non dormiva. L'amore dei suoi genitori adottivi che avevano fatto la domanda al tribunale, bussando alla porta di quella donna sconosciuta. L'attesa era anche la loro.

E poi... il cammino.

Alessio ascoltava. Sapeva ascoltare, si capiva. Gli occhi non perdevano una parola, un'emozione, un respiro.

«Quando ho iniziato questo gioco, chiamiamolo così, il rischio era quello di darmi in pasto a una persona che mi avrebbe potuto solo giudicare. Ma il cammino ti abitua ad aspettarti il meglio. E come al solito, il cammino aveva ragione. È bello incontrarti, Giorgia» le disse con semplicità Alessio.

«È bello anche per me, Alessioilcamminotisialieve» gli sorrise Giorgia.

«Non vuoi sentire la mia storia?»

«Avevo paura a chiedere... Sì!»

«Il cammino io l'ho iniziato da un luogo da cui sono uscito da poco». La voce era niente affatto tenera in quel momento. «Ero in carcere. Ho ventidue anni. Ero già stato al minorile un paio di volte. Soste brevi, giusto il tempo di riposare, mi dicevano gli amici. Ma quello degli adulti è diverso. È stata dura. Il cappellano del carcere è un prete giovane, don Giovanni. Una persona speciale. Non sono tutti così. Ma lui sì. Ha pensato a un progetto con un'associazione di volontariato per portare dei detenuti in cammino sulla Francigena. Tutto il percorso italiano, dal passo del Gran San Bernardo, in Valle d'Aosta, a Roma. All'inizio ho pensato: questo è matto, 1000 chilometri per 44 tappe, e per che cosa? Non volevo andare. Ma il don mi ha convinto. Un giorno mi ha preso e mi ha detto: 'Non restare qui. Non ne esci più'. Ho accettato».

«Adesso leggo più chiare tante tue parole... E ora, sei fuori?»

«Sì, il cammino per noi è pensato come una specie di percorso di recupero. Ti danno una possibilità. Io ho finito di scontare la pena. Adesso inizierò un corso... indovina! Per fare la guida escursionistica. Voglio accompagnare io i pellegrini nel cammino. Ce la devo fare» disse come se fosse la sua ultima possibilità.

Si raccontarono ancora e ancora.

Giorgia aveva tante domande che si era tenuta strette.

«Sai cosa mi chiedevo nelle sere in cui ti leggevo?» gli disse.

Alessio le sorrise incoraggiandola a parlare.

«Se ti piacevi almeno un po'. Anch'io faccio fatica a volte, anzi... spesso».

«Diciamo che sto camminando su un sentiero che mi piace e voglio restarci» rispose lui. «Inutile piangersi addosso, Giorgia. Serve solo a sentirsi una vittima. Finché mi sentivo una vittima ero sempre nei guai. Adesso voglio decidere io. Funziona così, anche per te, intendo. Lo sai?»

Giorgia aveva lo sguardo altrove e Alessio le prese il viso cercando il suo sguardo.

«Lo sai, vero?» le ripeté.

Giorgia sorrise e diventò rossa, gli occhi azzurri di Alessio non le lasciavano scampo.

«È stato il cammino a farti capire tutto questo?» gli chiese per spezzare l'incantesimo dei suoi occhi.

Alessio le lasciò il viso.

«Il cammino è stato solo una possibilità che mi è stata data. Io aspettavo una possibilità. Tutti ne dovrebbero avere almeno una. E per me è arrivata con il cammino, mettiamola così».

Venne l'ora di salutarsi. Vittoria aveva già inviato a Giorgia un messaggio per ricordarle l'orario del treno. Non mancava molto. Lei sentiva che non ce l'avrebbe fatta a lasciarlo. Sentiva che le sarebbe mancato un pezzo di vita. Si disse che era ridicola quella sensazione, ma era così. Non poteva farci niente.

«Allora sarai presto di nuovo in cammino» gli disse Giorgia.

«Sì!» rispose Alessio con gli occhi che brillavano. «E stavolta farò tutta la Francigena! Canterbury mi aspetta. E, se tutto va bene, farò io la guida».

«Bello!» disse Giorgia, e poi aggiunse: «Alessio, io penso che tu...» si fermò. Si sentiva una scema, una ragazzina, non riusciva a dirglielo.

«Non ti lascio andare via se non mi dici quello che pensi. Ma Vittoria ci ucciderà se perdi il treno» la incoraggiò lui sorridendole con tenerezza.

«Penso che tu sia speciale» gli disse tutto d'un fiato. «Davvero, le cose che hai scritto sono talmente belle... io non conosco nessuno che abbia dentro tanta bellezza. Ecco, dovevo dirtelo».

Alessio abbassò gli occhi azzurri e sorrise, colpito dalla timida spontaneità di Giorgia.

«Matteo è fortunato» disse puntando di nuovo su di lei gli occhi azzurri e profondi.

Le prese una mano fra le sue.

«Ci perderemo?» le chiese.

«Spero di no» gli rispose Giorgia. Ma non lo sapeva con certezza. Invece Alessio ne era certo.

«Però può accadere» le disse in un sussurro. «Se dovesse essere così, mi prometti una cosa?»

Ecco. Un'altra promessa del cammino, pensò Giorgia.

«Dimmi».

«Quella tenerezza che hai trovato nelle mie parole, tu ce l'hai dentro Giorgia. Prometti di averne cura?»

«Sì, lo prometto Alessio».

«Ma anche tu prometti...?» disse lei con un po' di imbarazzo.

«Cosa?» sorrise lui per incoraggiarla.

«Che il cammino ti sia lieve, Alessio».

Si abbracciarono. Si lasciarono. Si sfiorarono. Tornarono ad abbracciarsi.

Alessio le accarezzò il viso senza dire niente. Le donò di nuovo la tenerezza delle parole lasciate sul cammino per lei.

Era difficile salutarsi.

«Addio, Giorgia» disse infine Alessio.

E tornarono verso i propri, rispettivi sentieri.

PILLOLE DI CAMMINO

Persone, blog, libri, guide, festival

Sito ufficiale della Via Francigena
www.viefrancigene.com

Siti utili
www.donneincammino.net
www.camminandosullaviafrancigena.it
www.movimentolento.it
www.ammappalitalia.it
www.viafrancigena.bike/it
www.camminideuropa.eu
www.camminafrancigena.it
www.nonsprecare.it
www.camministorici.it

Very Important Person
www.nacciluigi.wordpress.com
www.cammini.eu/guide/enrico-brizzi
www.lucagianotti.wordpress.com
Darinka Montico: www.walkaboutitalia.com
www.massimontanari.it

Festival
www.slowtravelfest.it
www.festivalcamminare.bz.it
www.francigenafestival.it
www.festival.viefrancigene.org/it
www.festivalviafrancigena.it

Media
www.radiofrancigena.com
www.camminerai.rai.it

Libri e guide
Frédéric Gros, *Andare a piedi. Filosofia del camminare*, Garzanti, Milano 2013
Enrico Brizzi, *Gli psicoatleti*, Dalai Editore, Milano 2011
Luigi Nacci, *Viandanza. Il cammino come educazione sentimentale*, Laterza, Bari 2016
Monica D'Atti e Franco Cinti, *Guida alla Via Francigena*, Terre di Mezzo, Milano 2015
Lorenzo Del Boca e Angelo Moia, *Sulla Via Francigena. Storia e geografia di un cammino millenario*, Utet, Torino 2015

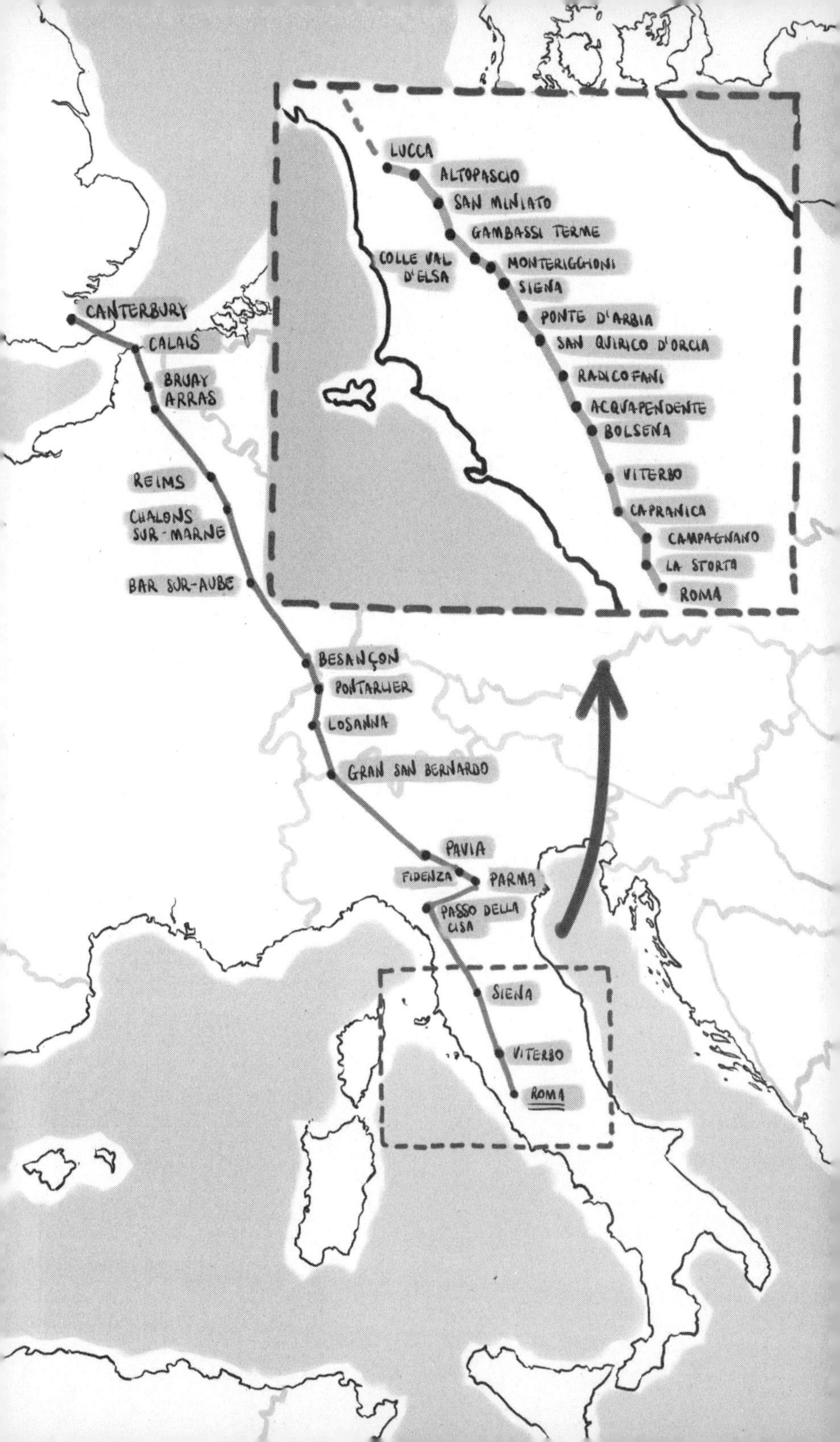
LUCCA
ALTOPASCIO
SAN MINIATO
GAMBASSI TERME
COLLE VAL D'ELSA
MONTERIGGIONI
SIENA
PONTE D'ARBIA
SAN QUIRICO D'ORCIA
RADICOFANI
ACQUAPENDENTE
BOLSENA
VITERBO
CAPRANICA
CAMPAGNANO
LA STORTA
ROMA
CANTERBURY
CALAIS
BRUAY
ARRAS
REIMS
CHALONS SUR-MARNE
BAR SUR-AUBE
BESANÇON
PONTARLIER
LOSANNA
GRAN SAN BERNARDO
PAVIA
FIDENZA
PARMA
PASSO DELLA CISA
SIENA
VITERBO
ROMA

RINGRAZIAMENTI

Ringrazio...

Andrea Mattei per la scoperta e la condivisione del cammino.

Gimmi Basilotta per le parole e le opere sul cammino.

Luigi Nacci per i consigli in qualità di guida escursionistica del cammino.

La strepitosa suor Ginetta, di Siena, oracolo di tutti i pellegrini della Via Francigena, per la bellezza delle sue mani, prodighe di opere.

Il francese Fabien e il suo malandato Grande Raccordo Anulare, per la poesia del cammino.

Laura e Leo, soprannominati affettuosamente gli "svizzerotti", per il loro amore nei confronti del nostro Paese e delle sue genti.

E tutti gli incontri della Via Francigena su cui è spuntato un sorriso.

Valérie Zenatti

Una bottiglia nel mare di Gaza

Brossura - pp. 144 - euro 9,90

Una giornata qualsiasi a Gerusalemme. Un attentato: un kamikaze, sei morti, due giorni di telegiornali. Tal proprio non riesce ad accettare la situazione, ama la sua città e la vita. Un giorno un'idea le illumina la mente: un messaggio in bottiglia potrebbe avvicinarla a una ragazza "dell'altra parte", in modo da superare, insieme, illusioni e disillusioni e cercare finalmente un'unità. A inviarle una risposta è Gazaman, e non sembra certo un messaggio di pace.

Annalisa Strada

Una sottile linea rosa

Brossura - pp. 144 - euro 9,90

Perla è una ragazza sportiva. La sua passione è la corsa e le riesce anche piuttosto bene. Ha un'amica carissima, Allegra, con cui condivide gioie, dolori e chili di gelato. E ha una strana reazione quando incontra Cesare. Una sera, alla Festa dello Sport, la ragazza si trova per la prima volta al centro dell'attenzione di Cesare. Troppo. Qualche giorno dopo scopre di essere incinta. Perla dovrà quindi affrontare una responsabilità enorme. Che fare? Questa è una decisione che solo lei potrà prendere.

Luigi Ballerini

Non chiamarmi Cina!

Brossura - pp. 144 - euro 9,90

Antonio, detto Toto, sogna di diventare calciatore. È un ragazzo come tanti: alcuni amici, una famiglia, un Mister severo al punto giusto. Qualcuno, però, sta per fargli scoprire cose nuove su se stesso e sul mondo. È Rossana, milanese di origine cinese. Una ragazza forte, da sempre alle prese con le difficoltà di chi vive in equilibrio tra due culture. L'amore che nasce li porta ad affrontare un cammino in cui i sogni di due ragazzi si intrecciano con le contraddizioni di una società che fatica a diventare un luogo accogliente per tutti.

Davida Willis Hurwin

A time for dancing

Brossura - pp. 272 - euro 9,90

Sam e Jules sono amiche da sempre e sono pronte a intraprendere insieme il cammino per diventare ballerine, condividendo trionfi e lacrime. Non sono pronte però al destino che le attende: Jules scopre di avere un tumore. Inizia così un nuovo capitolo della loro esistenza che rischia di farle perdere ma finisce per confermare la forza della loro amicizia. La vita può essere dura e imprevedibile ma anche meravigliosa: esistono un tempo per amare, un tempo per vivere e un tempo per ballare.

MISTO
Carta da fonti gestite in maniera responsabile
FSC
www.fsc.org
FSC® C115118

Stampato presso
Stampato presso Elcograf SpA, stabilimento di Cles